추억이
사람을
불러 오리라

김광렬 노랫말 시집

추억이 사랑을 불러오리라

발행일	2018년 4월 6일

지은이	김 광 련		
펴낸이	손 형 국		
펴낸곳	(주)북랩		
편집인	선일영	편집	권혁신, 오경진, 최예은, 최승헌
디자인	이현수, 허지혜, 김민하, 한수희, 김윤주	제작	박기성, 황동현, 구성우, 정성배
마케팅	김회란, 박진관, 유한호		
출판등록	2004. 12. 1(제2012-000051호)		
주소	서울시 금천구 가산디지털 1로 168, 우림라이온스밸리 B동 B113, 114호		
홈페이지	www.book.co.kr		
전화번호	(02)2026-5777	팩스	(02)2026-5747

ISBN	979-11-6299-036-0 03810(종이책) 979-11-6299-037-7 05810(전자책)

이 도서의 국립중앙도서관 출판예정도서목록(CIP)은 서지정보유통지원시스템 홈페이지(http://seoji.
nl.go.kr)와 국가자료공동목록시스템(http://www.nl.go.kr/kolisnet)에서 이용하실 수 있습니다.
(CIP제어번호: CIP2018008718)

추억이 사랑을 불러오리라

북랩 book Lab

김광련 시인은 시를 기초로 한 탄탄한 바탕 위에 쉽게 풀어쓰는 단어 구사 능력이 좋다. 특히, 리듬감이 좋아 운율을 잘 맞춰 멜로디를 손쉽게 그릴 수 있어 작곡가 입장에서 선호할 수밖에 없다. 작사에 대해 열정도 많고 감성이 풍부해 꽃을 찾아 날아가는 한 마리 나비처럼 장르를 가리지 않고 다양한 소재의 글을 쏟아내고 있다. 좋은 에너지가 충만한 작가라 앞으로 장래가 촉망되는 작사가이다.

- 최종혁/작곡가

이제 곧 봄꽃들이 여기저기 앞다투며 피겠지요. 봄꽃보다 먼저 김광련 시인의 노랫말 시집 출간 소식이 날아들어 반갑고 기쁘기 그지없습니다. 진심으로 축하드립니다. 누구보다 열심히 하시더니 드디어 한 권의 책으로 엮어서 나오네요. 보통 시를 쓰시는 분들은 대중가요 노랫말을 어려워하는데 김광련 시인은 곡을 붙이기 쉽게 글을 아주 잘 적는 것 같습니다. 그만큼 대중가요를 이해하고 노력했다는 증거이겠지요. 이번 노랫말 시집에 실린 모든 노래가 대중들에게 어필되어 많은 사랑을 받을 수 있기를 기원합니다.

- 김성봉/작곡가 겸 가수

완연한 봄의 문턱에서 김광련 노랫말 시집 발간을 축하드립니다. 김광련 시인은 대중음악 부문의 음악성과 잠재력이 뛰어나고 현대에 알맞은 노랫말을 적절하게 잘 적는 작사가입니다. 창의력과 표현력이 살아 꿈틀거리는 활어처럼 신선하고 활기찹니다. 현실에 안주하지 않고 끊임없이 자기계발을 통해 발전하는 모습이 참 아름답습니다. 작사가의 일을 천직으로 알고 살아오고 또 살아갈 작가의 앞날에 무궁한 발전을 빌며 힘찬 응원의 박수를 보냅니다.

- 한기철/작곡가

김광련 시인은 한마디로 '무지개'이다. 다양한 스펙트럼이 품어내는 빛깔과 향기는 보는 즐거움, 듣는 즐거움, 그리고 부르는 즐거움을 선사한다. 발라드, 트로트 등 장르를 가리지 않고 사랑과 행복, 시련, 인생 이야기 등 다양한 노래를 인생의 경험과 노력의 보따리에서 풀어놓는다. 주워 담는 건 독자와 뮤지션의 몫이다. '당신만은', '건강이 최고'등의 노래가 사랑받는 이유이다. 시대를 읽어내는 작가의 느낌은 곧 우리가 노래로써 소통하는 큰 힘을 준다. 김광련 작가님의 발자국을 노래로 그려내고 싶기도 하다.

- 정음/작곡가 겸 가수

자신이 좋아하는 일을 하면서 행복과 보람을 찾고 다른 이들에게 행복을 전하는 이가 여기 있다. 김광련 작가는 일상에서 일어나는 흔한 이야기들을 솔직 담백한 언어와 아름다운 노랫말로 담아내는 특별한 능력이 있다. 가수 입장에서 보면 저절로 감정이입이 될 수밖에 없어 작가의 글을 선호한다. 특히, '그대가 와요'는 자연을 배경으로 사랑에 빠진 소녀의 감성이 잘 묻어나는 상큼 발랄한 글이다. '난 어쩌죠'는 이별을 담백하게 받아들이면서도 격정적 그리움을 터뜨리는 여인을 표현한 글이다. '잘된 거야', '사랑하나 봐'라는 노랫말을 보면 숨기고 있는 마음을 어떻게 이토록 솔직하고 예쁘게 표현할 수 있을까 싶다.

오늘은 작가의 캔버스에 널찍하게 한 상 펴고 아름다운 시어를 안주 삼아 소주 한잔하고 싶다.

- 유일(김호평)/가수

한낱 볼펜 한 자루의 끈적임이지만 그녀의 꿈, 사랑, 추억 그리고 인생을 노래한 글이 내 시선과 마음을 움직인다. 오선지에 날개를 달아 은반 위 요정처럼 건반을 오가며 넘실넘실 춤사위 벌이니 그녀의 이름은 바람의 여인이어라.

- 윤도/작곡가 겸 가수

음악은 소중한 친구처럼 늘 나와 함께 했다. 학창시절 늦은 밤 시골길 별을 보고 달을 보며 콧노래 흥얼거리면 외로움, 무서움 다 사라지고 어느새 집에 당도했다.

좋아하는 음악은 보약과 같아서 슬플 때나 힘들 때 치유와 위로의 힘이 되기도 하고 아름다운 추억과 사랑의 그리움을 불러내 낭만의 감성에 젖어 들게도 한다.

누구에게나 힘겨운 시간은 있겠지만 나는 시와 음악이 있어 어두운 터널 속을 잘 빠져나왔다.

세월의 세찬 비바람은 나를 더욱 단단하게 담금질했고 그 결과물이 한 권의 책으로 나왔다. 나 자신에게 준 멋진 선물이다.

소낙비 내린 뒤 무지개처럼 내 주위에 서성이는 모든 사물이 눈부시다. 출판을 앞두고 이제 갓 시집온 새색시처럼 설렘과 두려움이 가득하다. 바람이 있다면 누군가에게 즐거움과 따뜻한 위로가 되었으면 한다.

부족한 글에 아름다운 선율을 붙여 주신 여러 작곡가 선생님과 작사의 원리를 처음 가르쳐 주신 작곡가 최종혁 선생님, 첫 작사의 기쁨을 선사해 주신 작곡가 김성봉 선생님께 감사의 인사를 올린다.

바구니 하나 들고 봄 캐러 가야겠다.

2018년 봄 여울목에서

김광련

| 차례 |

Part 2

발표하지 않은 가요들

Part 3

발표하지 않은 동요들

Part 4

만들어지지 않은 가요들

Part 1

발표한 가요들

그대가 와요

작곡/최종혁 노래/유일

푸른 언덕에 앉아 있으면
눈부신 햇살 같은 그대가 보여요

파란 하늘을 보고 있으면
뭉게구름 속에 그대가 있어요

저 하늘은 내 마음을 알고 있나 봐요
실바람 타고 그대가 와요

저 하늘은 내 마음을 알고 있나 봐요
고운 미소를 지으며 와요

랄랄라 내 가슴에 복사꽃이 피어나요
랄랄라 내 가슴이 풍선처럼 부풀어요

난 어쩌죠

작곡/최종혁 노래/유일

난 어쩌죠 난 어떻게 하죠
그대를 잊을 수 있을 것 같았는데
아니 그대를 잊었다고 생각했는데
아닌가 봐요 정말 아닌가 봐요
나 이렇게 그댈 찾아 헤매고 있어요
비가 와도 별빛만 봐도 눈물이 나요
아 난 어쩌죠 어떻게 하죠
아직도 난 그댈 사랑하는데
아 난 어쩌죠 어떻게 하죠
그대가 나를 영영 잊어버렸다면

나 오늘도 추억 속에 헤매고 있어요
눈이 와도 달빛만 봐도 눈물이 나요
아 난 어쩌죠 어떻게 하죠
아직도 난 그댈 사랑하는데
아 난 어쩌죠 어떻게 하죠
그대가 나를 영영 잊어버렸다면

바람의 여인

작곡/윤도 노래/윤도

바람이 불고 낙엽이 지는
이 거릴 나 홀로 걸어가면
내 눈가에 아련히 젖어 드는 그대
이 밤도 그대는 안 오시려나
달빛 흐르는 고운 밤이면
목이 메이게 불러보는 그 이름
바람이 그대를 데려다 주리라
추억이 사랑을 불러오리라
아 그대는 나에게 무엇이길래
이토록 가슴 저미나
사랑이여 다시 한 번 이 가슴에
아름다운 꽃을 피우리라

달빛 흐르는 고운 밤이면
목이 메이게 불러보는 그 이름
바람이 그대를 데려다 주리라
추억이 사랑을 불러오리라
아 그대는 나에게 무엇이길래
이토록 가슴 저미나
사랑이여 다시 한 번 이 가슴에
아름다운 꽃을 피우리라

눈 내리는 날의 연가

작곡/김백현 노래/김백현

첫눈 내리던 날 하얀 눈꽃송이 받아 들고
사랑을 속삭이며 영원을 약속하던 그대여
차곡차곡 쌓인 그리움은 눈송이만큼 가득한데
그대는 아니 오고 칼바람만 불어오네요
전선을 타고 흐르던 따스하던 그 음성
정겨운 그 눈빛 아직 내 가슴에 남아 있어요
난 오늘도 잿빛 하늘만 쳐다보며
그대를 기다리며 앙상한 겨울나무처럼 서 있습니다

전선을 타고 흐르던 따스하던 그 음성
정겨운 그 눈빛 아직 내 가슴에 남아 있어요
난 오늘도 잿빛 하늘만 쳐다보며
그대를 기다리며 앙상한 겨울나무처럼 서 있습니다

바람이어라

작곡/최종혁 노래/한명숙

난 바람이어라 작은 바람이어라
숨어 소리만 내는 바람이어라

난 바람이어라 외로운 바람이어라
스쳐 지나가는 바람이어라

인생도 사랑도 바람 따라 세월 따라
소리 없이 흘러가는 것

오늘도 가련한 내 영혼은
바람 따라 너울거리며 춤을 춘다

당신은

작곡/김성봉 노래/김성봉

술잔 속에 가물거리는 당신은
잊을 만하면 찾아와
그리움만 심어주고 가버린 무정한 사람

사랑도 우정도 아닌 당신은
생각나면 찾아와
내 가슴 휘저어 놓고 가버린 얄미운 사람

내 맘 깊은 곳에 있는 당신은
다가설 수도 없는
떨쳐 버릴 수도 없는 그림자 같은 사람

사랑도 우정도 아닌 당신은
생각나면 찾아와
내 가슴 휘저어 놓고 가버린 얄미운 사람

내 맘 깊은 곳에 있는 당신은
다가설 수도 없는
떨쳐 버릴 수도 없는 그림자 같은 사람

벚꽃 지던 날

작곡/최종혁 노래/초이

불꽃처럼 살다가 눈같이 사라진 꽃이여
나 그 꽃물 받아먹고 황홀한 기쁨을 노래하리오

떠나는 뒷모습이 더욱 아름다운 꽃이여
나 그 꽃잎 살라 먹고 이별의 아픔을 노래하리오

봄날을 기약하며 흔적 없이 사라진 꽃이여
나 그 고운 추억 갉아먹고 찬란한 슬픔을 노래하리오

떠나는 뒷모습이 더욱 아름다운 꽃이여
나 그 꽃잎 살라 먹고 이별의 아픔을 노래하리오

봄날을 기약하며 흔적 없이 사라진 꽃이여
나 그 고운 추억 갉아먹고 찬란한 슬픔을 노래하리오

당신만은

작곡/정음 노래/정음

세상의 모든 것이 변한다 해도
당신만은 변하지를 않겠지요
사랑이 요리조리 숨바꼭질해도
당신만은 그러지를 않겠지요
사랑을 믿지 않지만 남자를 믿지 않지만
당신만은 당신만은 믿고 싶어요
운명 같은 내 사랑 목숨 같은 내 사랑
두고두고 변하지 않도록
영원히 영원히 사랑하며 살아갈래요

거센 비바람이 불어온다 해도
꼭 잡은 손 놓치지는 않겠지요
이별의 아픔이 다가온다 해도
뜨거웠던 마음 잊지 않겠지요
사랑을 믿지 않지만 여자를 믿지 않지만
당신만은 당신만은 믿고 싶어요
운명 같은 내 사랑 목숨 같은 내 사랑
두고두고 변하지 않도록
영원히 영원히 사랑하며 살아갈래요
영원히 영원히 사랑하며 살아갈래요

그대 생각에

작곡/최종혁 노래/초이

다시는 울지 않으리 수없이 다짐을 해도
이렇게 바람이 불면 자꾸만 눈물이 나요
아 떨어지는 낙엽을 보면
아 부서지는 여자의 마음
온몸은 저 노을처럼 검붉게 불타오르고
가을은 그리움으로 깊어만 간다
바람이 불면 잠 못 들어요
낙엽이 지면 눈물이 나요

술 한잔 마셔보아도 노래를 불러보아도
이렇게 비가 내리면 그대가 생각이 나요
아 길 떠나는 나그네처럼
아 그댈 찾아 떠나고 싶어
온몸은 저 노을처럼 검붉게 불타오르고
가을은 그리움으로 깊어만 간다
비가 내리면 잠 못 들어요
그대 생각에 눈물이 나요

추억 속의 그대

작곡/김백현 노래/김백현

너와 나 까마득하게 잊고 살다가도
비 내리거나 눈이 내리면
추억들이 눈꽃송이처럼 피어나
보고 싶은 마음 빗방울 수만큼 가득해
목마른 나무처럼 길 잃은 아이처럼
온종일 거릴 헤매인다

너와 나 오랜 세월이 흘러가도
서로의 마음 끝자락에는
차마 떨구지 못한 미련 한 가닥
사랑이 아닐 거라고 애써 고갯짓하면
어느새 눈가에 바닷물이 밀려와
일렁일렁 네가 걸려 있네

한 번쯤 생각이 나면

작곡/최종혁 노래/초이

바라보면 가슴 저미는 사람이 있습니다
한없이 가슴 아픈 잊고자 하면 더욱 생각나는
그리워 입술 깨물어도 안타까운 사랑입니다

비 내리면 떠오르는 연가의 주인공입니다
애타게 불러도 알 수 없는 그리워도 만날 수 없는
자꾸만 보고파도 이젠 잊어야 합니다

남몰래 눈물 흘리게 만든 아름다운 사랑입니다
떠나는 뒷모습조차 따스하게 안아 준 사람
한 번쯤 생각이 나면 추억 속으로 걸어갑니다

어이하나

작곡/한기철 노래/이혜선

어이하나 어이하나
그리운 이 마음 어이하나

달빛 따라 살며시 찾아오신 임
보고 싶은 이내 마음 아셨나 봐요

정한수 한 사발에 오매불망 임 그리워
꿈길 따라 살며시 내게 오신 임

꽃단장하고 어여쁘게 맞이할까나
그 임이 좋아라 행복해라
그 임이 마냥 좋아라

너만을 사랑해

작곡/최계홍 노래/김지수

다정한 그 미소가 이제 나의 것 아닌 거니
따스한 그 눈빛도 이젠 나의 것 아닌 거니
새하얀 눈송이가 송이송이 내려오던 날
달콤하던 그 긴 입맞춤을 넌 잊을 수 있니
아 아 어쩌면 좋아 난 아직도 널 사랑하는데
멀어져가는 네 모습 보면 난 죽을 것만 같은데
내게 다시 돌아와 날 꼬옥 안아줘
사랑해 사랑해 내게 다시 돌아와
너만을 너만을 사랑해

뜨겁던 그 사랑을 다시 나눌 순 없는 거니
돌아선 그 마음을 다시 돌릴 순 없는 거니
새하얀 눈송이가 그날처럼 내려오는데
달콤하던 그 긴 입맞춤을 넌 잊을 수 없어
아 아 어쩌면 좋아 난 아직도 널 사랑하는데
멀어져 가는 네 모습 보면 난 죽을 것만 같은데
내게 다시 돌아와 날 꼬옥 안아줘
사랑해 사랑해 내게 다시 돌아와
영원히 영원히 사랑해 영원히 너만을 사랑해

한 조각 구름처럼

작곡/최종혁 노래/초이

그대 수많은 인연으로 인해
슬퍼하거나 괴로워하지 말아라
어차피 인생이란 홀로 왔다 홀로 가는 것
번뇌 망상에 사로잡힌 영혼
가지 말아야 할 길을 너무 가버린 건 아닌지
되돌아갈 길조차 알 수가 없어
어디서 왔다가 어디로 가는가
형체도 모양도 없는 것이
어느 곳을 헤매고 다니는지
마음 한 조각 구름처럼 떠도네

어차피 인생이란 홀로 왔다 홀로 가는 것
번뇌 망상에 사로잡힌 영혼
가지 말아야 할 길을 너무 가버린 건 아닌지
되돌아갈 길조차 알 수가 없어
어디서 왔다가 어디로 가는가
형체도 모양도 없는 것이
어느 곳을 헤매고 다니는지
마음 한 조각 구름처럼 떠도네

가장 행복한 여인

작곡/김성봉 노래/이루리

그대 내게 고운 미소 보내는 순간
한 송이 어여쁜 꽃이 되었네
그대 내게 달콤한 입맞춤하는 순간
감미로운 솜사탕이 되었네
그대 내게 따스한 눈빛 보내는 순간
한 마리 예쁜 종달새 되었네
그대 내게 사랑을 속삭이는 순간
가장 행복한 여인이 되었네
그대 내게 살며시 손잡는 순간
아름다운 무지개가 되었네
그대 내게 정겨웁게 다가온 순간
밤하늘에 작은 별이 되었네

그대 내게 사랑을 속삭이는 순간
가장 행복한 여인이 되었네
그대 내게 살며시 손잡는 순간
아름다운 무지개가 되었네
그대 내게 정겨웁게 다가온 순간
밤하늘에 작은 별이 되었네
밤하늘에 작은 별이 되었네

이별 후에

작곡/김백현 노래/김백현

당신과의 사랑은 늘 이별 연습이었습니다
이젠 연습할 필요가 없습니다
이미 막 내린 슬픈 단막극이니까요

당신과 헤어지고 나면 메마른 낙엽처럼
아무 감정도 아무 감각도 없는 줄 알았어요
당신과 헤어지고 나면 가슴속 깊은 그곳
어느 누구도 들어오지 못하는 줄 알았어요
하지만 내 가슴은 여전히 뜨겁고
어느새 다른 이가 차지하고 있네요
당신이 머물다 간 자리 너무 크고 허전해서
잠시라도 나 혼자선 견딜 수가 없었습니다
당신과 헤어지고 나니 무지갯빛 사랑도
가슴 아픈 이별도 추억이더이다

하지만 내 가슴은 여전히 뜨겁고
어느새 다른 이가 차지하고 있네요
당신이 머물다 간 자리 너무 크고 허전해서
잠시라도 나 혼자선 견딜 수가 없었습니다
당신과 헤어지고 나니 무지갯빛 사랑도
가슴 아픈 이별도 추억이더이다
가슴 아픈 이별도 추억이더이다

인생 그 뒤안길에서

작곡/최종혁 노래/초이

꽃 같은 내 모습 어디 가고
어느새 백발이 무성하네
꽃 같은 내 청춘 어디 가고
어느새 추풍낙엽 되었네
돌아보면 굽이굽이 수많은 사연
정겨운 친구들 하나둘 떠나가고
나만 홀로 추억하네
아 바람만 불어도 쓸쓸하네
아 노을만 봐도 눈물이 난다
어느 누가 있어 나의 친구 될까
어느 누가 이 마음을 알아줄까

불꽃 같은 내 인생 어디 가고
어느새 연기처럼 사라지네
불꽃 같은 내 사랑 어디 가고
어느새 구름처럼 흩어지네
행복했던 지난 시절 함께한 사람
주마등처럼 하나둘 스쳐 가고
나만 홀로 추억하네
아 바람만 불어도 쓸쓸하네
아 노을만 봐도 눈물이 난다
어느 누가 있어 나의 친구 될까
어느 누가 이 마음을 알아줄까

건강이 최고

작곡/소담, 정음 노래/정음

천하일색 양귀비도 내 몸 하나 아프면
아무 소용없다네 건강이 최고라네
부귀영화 금수강산도 내 몸 하나 아프면
아무 소용없다네 그림의 떡이라네
여보게 친구 우리 사는 날까지
웃으며 살다 가세 건강하게 살다 가세
한 번 왔다 가는 인생
멋지게 살다 가세 즐겁게 살다 가세

여우 같은 마누라도 내 몸 하나 아프면
아무 소용없다네 건강이 최고라네
토끼 같은 내 새끼도 내 몸 하나 아프면
아무 소용없다네 찬밥신세라네
여보게 친구 우리 사는 날까지
웃으며 살다 가세 건강하게 살다 가세
한 번 왔다 가는 인생
멋지게 살다 가세 즐겁게 살다 가세

당신이 뭔데

작곡/김청일 노래/진호

당신이 뭔데 내가 왜 울어 냉정하게 떠난 사람인데
당신이 뭔데 못 잊을까 봐 내 가슴에 상처 준 사람인데
한때는 정말 사랑했었고 목숨보다 소중했었다
달콤했던 그 입술 뜨겁던 그 눈빛 이제는 모두 잊었다
당신이 뭔데 사랑이 뭔데 이제 다시 사랑은 하지 않을래
당신이 뭔데 내가 울까 봐 어차피 떠나간 사람인데

한때는 정말 사랑했었고 목숨보다 소중했었다
달콤했던 그 입술 뜨겁던 그 눈빛 이제는 모두 잊었다
당신이 뭔데 사랑이 뭔데 이제 다시 사랑은 하지 않을래
당신이 뭔데 내가 울까 봐 어차피 떠나간 사람인데
당신이 뭔데 사랑이 뭔데 이제 다시 사랑은 하지 않을래
당신이 뭔데 내가 울까 봐 어차피 떠나간 사람인데
당신이 뭔데 사랑이 뭔데 이제 다시 사랑은 하지 않을래
당신이 뭔데 내가 울까 봐 어차피 떠나간 사람인데
어차피 떠나간 사람인데

대단한 당신

작곡/최종혁 노래/김완수

미소만으로 내 영혼 뺏어 가버린
당신은 대단한 사람입니다
눈길만으로 이 마음 잠 못 들게 한
당신은 대단한 사람입니다
정겨운 목소리 달콤한 그 향기에
시린 가슴 뜨겁게 녹아내리고
길도 없는 꿈길 찾아와
그리움에 눈물짓게 하는 당신
오랜 세월이 흐른 지금에도 그 마음
변치 않는 당신 대단한 당신입니다

오직 나만을 아끼고 사랑해주는
당신은 대단한 사람입니다
한밤중에도 보고 싶다 달려오는
당신은 대단한 사람입니다
정겨운 목소리 달콤한 그 향기에
시린 가슴 뜨겁게 녹아내리고
길도 없는 꿈길 찾아와
반가움에 가슴 뛰게 하는 당신
오랜 세월이 흐른 지금에도 그 마음
변치 않는 당신 대단한 당신입니다
오랜 세월이 흐른 지금에도 그 마음
변치 않는 당신 대단한 당신입니다

요요요

작곡/한기철 노래/최미주

요요요요 예쁜 내 사랑 오늘 밤 내게로 와요
당신은 나비 되고 나는 꽃이 되어

요요요요 고운 내 사랑 뜨겁게 사랑해줘요
가슴은 두근두근 얼굴은 화끈화끈

별빛처럼 꽃잎처럼 어여쁜 그대는
요리 보고 조리 봐도 둘도 없는 내 사랑
잠시라도 떨어져선 살 수 없는 내 사랑

요요요요 예쁜 내 사랑 나만을 사랑해줘요
이 세상 다하도록 난 그댈 사랑해

봉이야

작곡/김성봉 노래/김성봉, 이루리

봉봉봉 봉이야 봉봉봉 봉이야
이리저리 둘러봐도 그런 여자 다시없어
봉봉봉 봉이야
눈을 씻고 찾아봐도 그런 여자 정말 없어
당신은 내 생의 최고의 브랜드
당신은 내 생의 최고의 선택
한평생 샘물 같은 정을 주니 봉 잡은 거지
한평생 너무 깊은 사랑을 주니 봉 잡은 거지

봉봉봉 봉이야 봉봉봉 봉이야
요리조리 살펴봐도 그런 여자 다시없어
봉봉봉 봉이야
눈을 감고 생각해도 그런 여자 정말 없어
당신은 내 생의 최고의 명품
당신은 내 생의 최고의 자랑
한평생 샘물 같은 정을 주니 봉 잡은 거지
한평생 너무 깊은 사랑을 주니 봉 잡은 거지

하이 하이

작곡/한기철 노래/조명재

하이 하이 하이 하이 그대를 만난
오늘 밤 별빛 고운 밤이에요

하이 하이 하이 하이 사랑이 싹트는
오늘 밤 달빛 고운 밤이에요

어화둥둥 내 사랑 어디 갔다 이제 왔나요
어화둥둥 내 사랑 무엇 하다 이제 왔나요

사랑 사랑 그 어떤 사랑도
내 사랑 내 사랑만 못 해요

요리조리 살펴보면 너무나 잘생겨
당신이 최고 정말 최고야

하이 하이 하이 하이 그대를 만난
오늘 밤 정말 멋진 밤이에요

아띠

작곡/김기범 노래/박진희

아띠 아띠 내 사랑 오늘은 그댈 만나는 날
룰루랄라 기분이 좋아 기분 짱이야

아띠 아띠 내 사랑 지금 내게로 달려오네
두근두근 가슴이 떨려 나 어쩌나

친구처럼 연인처럼 다정스런 아띠 아띠
내 맘속에 꿈속에 언제나 니가 있어

눈빛이 고운 미소가 예쁜 사랑스런 아띠 아띠
오늘 밤 우리 행복의 나라로 가요

아띠 아띠 너와 함께 무지갯빛 꿈을 꾸며
아띠 너와 함께 모닝커피 마시고 싶어

사랑합니다

작곡/김성봉 노래/김성봉

그립다는 말로는 내 사랑을 전하지 못하고
사랑한다 말로도 내 마음 다 표현하지 못해도
사랑합니다 사랑합니다 당신을 사랑합니다
흔한 게 사랑이라지만 내겐 너무 소중해
영원히 잊을 수 없는 말 사랑합니다

보고 싶다는 말로는 내 사랑을 전하지 못하고
좋아한다 말로도 내 마음 다 표현하지 못해도
사랑합니다 사랑합니다 당신을 사랑합니다
흔한 게 사랑이라지만 내겐 너무 소중해
영원히 잊을 수 없는 말 사랑합니다 사랑합니다

잘된 거야

작곡/최종혁 노래/유일

나 아닌 다른 사람 만나서 행복하니
나보다 멋진 거니 어디가 좋은 거니
나 아닌 다른 사람 만나서 즐거웠니
나보다 매력 있니 얼마나 잘해주니
지금 뭐라고 했니 그만 헤어지자고
어떻게 내게 그런 말 할 수가 있니
그래 그래 잘됐어 잘된 거야
이쯤에서 안녕 하는 것이 속 편한 거야

나 아닌 다른 사람 만나서 행복하니
나보다 멋진 거니 어디가 좋은 거니
나 아닌 다른 사람 만나서 즐거웠니
나보다 매력 있니 얼마나 잘해주니
붙잡진 않겠어 우린 여기까지인가 봐
그동안 고마웠단 말 하지 않겠어
그래 그래 잘됐어 잘된 거야
그런데 바보처럼 눈물이 왜 나오는 거야

나 이제 슬프지 않아요

작곡/노수광 노래/이경이

나 이제 슬프지 않아요 창밖에 비가 내려도
나 이제 슬프지 않아요 그대 나를 떠난다 해도

한 잎 두 잎 떨어지는 나뭇잎을 보면서
때가 되면 떠나야 한다는 것을 알았어요

나 이제 슬프지 않아요 그대 떠난다 해도
나 이제 아프지 않아요 이별이 찾아와도

나 이제 잊을 수 있어요 나 그대 잊을 수 있어요
나 이제 슬프지 않아요 그대 떠난다 해도

나 이제 아프지 않아요 이별이 찾아와도
나 이제 잊을 수 있어요 나 그대 잊을 수 있어요

나이트 클럽에서

작곡/이영환 노래/김지수

흔들흔들 고개를 흔들며 흔들흔들 우리 멋진 만남 위해
흔들흔들 허리를 비틀며 흔들흔들 우리 찐한 사랑 위해
나이도 몰라 이름도 몰라 그건 중요하지 않아
지금 이 순간을 느껴봐 다 같이 즐겨봐
흔들흔들 이 밤이 새도록 흔들흔들 신나게 추는 거야
이 밤이 새도록 짜릿하게 흔들흔들 손을 흔들며
흔들흔들 우리 젊음을 위해

흔들흔들 고개를 흔들며 흔들흔들 우리 멋진 만남 위해
흔들흔들 허리를 비틀며 흔들흔들 우리 찐한 사랑 위해
나이도 몰라 이름도 몰라 그건 중요하지 않아
지금 이 순간을 느껴봐 다 같이 즐겨봐
흔들흔들 이 밤이 새도록 흔들흔들 신나게 추는 거야
이 밤이 새도록 짜릿하게 흔들흔들 손을 흔들며
흔들흔들 우리 젊음을 위해
이 밤이 새도록 짜릿하게 흔들흔들 손을 흔들며
흔들흔들 우리 젊음을 위해 흔들흔들 우리 젊음을 위해

몰라 몰라

작곡/최종혁 노래/김진평

몰라 몰라 당신은 몰라 내가 얼마나 사랑하는지
몰라 몰라 당신은 몰라 내가 얼마나 아파하는지
시간이 지나면 알아주려나 세월이 흐르면 알아주려나
당신의 눈빛만 봐도 행복한데 당신의 미소만 봐도 행복한데
몰라 몰라 당신은 몰라 내가 얼마나 좋아하는지
몰라 몰라 당신은 몰라 내가 얼마나 그리워하는지

시간이 지나면 받아주려나 세월이 흐르면 받아주려나
당신의 얼굴만 봐도 행복한데 당신의 모습만 봐도 행복한데
몰라 몰라 내 마음 몰라 내가 어떻게 말해야 하는지
몰라 몰라 내 마음 몰라 내가 어떻게 표현해야 하는지
몰라 몰라 당신은 몰라 내가 얼마나 좋아하는지
몰라 몰라 당신은 몰라 내가 얼마나 그리워하는지

사랑아 내가 운다

작곡/한기철 노래/염수연

사랑아 사랑아 내 사랑아
네가 보고 싶어 내가 내가 운다

사랑아 사랑아 내 사랑아
너를 못 잊어 내가 내가 운다

하루에도 수없이 보고 싶은 마음에
네 사진을 보면서 그리움을 달래어 봐도

너무나 뜨겁게 사랑했던 그 시절
다시 한 번 내게로 돌아오면 좋겠네

사랑아 사랑아 내 사랑아
꿈이라도 좋으니 꼭 한 번 보고 싶구나

사랑하나 봐

작곡/최종혁 노래/유일

당신이 왜 좋은지 난 알 수 없어요
보기만 해도 얼굴 달아오르고 가슴이 두근거려요
당신의 어디가 좋은지 난 알 수 없어요
생각만 해도 기분 좋아지고 세상이 아름다워요
아 사랑하나 봐 좋아하나 봐 해맑은 당신의 미소를
아 사랑하나 봐 좋아하나 봐 정겨운 당신의 눈빛을
사랑한다 말해주세요 나만을 사랑한다고
사랑한다 말해주세요 영원히 사랑한다고

당신이 왜 미운지 난 알 수 없어요
사소한 일에도 자꾸 서운하고 눈물이 나려고 해요
당신의 어디가 미운지 난 알 수 없어요
말 한마디에도 괜히 신경 쓰이고 예민하게 반응해요
아 사랑하나 봐 좋아하나 봐 해맑은 당신의 미소를
아 사랑하나 봐 좋아하나 봐 정겨운 당신의 눈빛을
사랑한다 말해주세요 나만을 사랑한다고
사랑한다 말해주세요 영원히 사랑한다고
아 사랑하나 봐 좋아하나 봐
아 사랑하나 봐 좋아하나 봐

Part 2

발표하지 않은
가요들

그랬으면 좋겠어

작곡/최종혁

주룩주룩 봄비처럼 내 가슴에도
파릇파릇 새싹이 돋아나면 좋겠어
살랑살랑 봄바람처럼 우리 사랑도
움찔움찔 꽃봉오리 영글면 좋겠어

봄이 되면 강남 갔던 제비가 돌아오듯
나풀나풀 내 사랑도 돌아오면 좋겠어
아지랑이 피어나는 오솔길 너와 함께
룰루랄라 콧노래 불러봤으면 좋겠어
정말 그랬으면 좋겠어

봄이 되면 강남 갔던 제비가 돌아오듯
나풀나풀 내 사랑도 돌아오면 좋겠어
아지랑이 피어나는 오솔길 너와 함께
룰루랄라 콧노래 불러봤으면 좋겠어
정말 그랬으면 좋겠어

꽃은 봄을 사랑했지

작곡/최종혁

분다 바람이 분다
목련꽃 피는 소리가 요란하더니
얄미운 봄바람 향기만 두고 가버렸다

간다 봄날이 간다
간밤에 내린 비가 꽃잎 털어내더니
앞가슴 헤집고 그리움만 두고 가버렸다

탄다 가슴이 탄다
뻐꾸기 구슬피 우는 봄 여울목
넋이 나간 여자 마른 꽃이 되어 서 있다

간다 봄날이 간다
간밤에 내린 비가 꽃잎 털어내더니
앞가슴 헤집고 그리움만 두고 가버렸다

탄다 가슴이 탄다
뻐꾸기 구슬피 우는 봄 여울목
넋이 나간 여자 마른 꽃이 되어 서 있다

커피 향 같은 사람

작곡/최종혁

창밖에 하염없이 비가 내리면
어김없이 당신 생각이 납니다
감미로운 사랑을 전해 준 당신은
그윽한 향기로 남아 있습니다
따스한 커피를 마시듯
그리움 한 스푼 추억 한 스푼
눈물 한 스푼 넣어 마시고 나면
당신의 향기가 온몸을 감싸고 돕니다
커피 한 모금에 당신의 미소가
커피 두 모금에 당신의 목소리가
커피 세 모금에 당신의 향기가
그리고 마지막 한 모금에 눈물방울이

따스한 커피를 마시듯
그리움 한 스푼 추억 한 스푼
눈물 한 스푼 넣어 마시고 나면
당신의 향기가 온몸을 감싸고 돕니다
커피 한 모금에 당신의 미소가
커피 두 모금에 당신의 목소리가
커피 세 모금에 당신의 향기가
그리고 마지막 한 모금에 눈물방울이

나의 연인이여

작곡/최종혁

부드러운 그대의 음성 시가 되어
이 가슴속 깊이 물들이고
뜨거운 그대의 숨결 노래 되어
이 마음 황홀하게 합니다
아 사랑스런 나의 연인이여
이 가슴 뛰는 날까지 사랑합니다
아 사랑스런 나의 연인이여
이 목숨 다할 때까지 사랑합니다
은은한 향기에 빠져버린 나의 영혼
행복의 미소 절로 번지고
달콤한 그대의 속삭임에 나의 뺨은
연분홍 꽃으로 피어납니다

아 사랑스런 나의 연인이여
이 가슴 뛰는 날까지 사랑합니다
아 사랑스런 나의 연인이여
이 목숨 다할 때까지 사랑합니다
향긋한 입맞춤에 빠져버린 나의 영혼
잠자던 세포 절로 춤추고
고귀한 그대의 사랑 앞에 나의 마음
방울방울 이슬이 맺힙니다

바람아 전해다오

작곡/최종혁

흘러가는 저 구름처럼 그대 어디로 갔나
흘러가는 저 강물처럼 그대 어디로 가버렸나
바람 따라 내 마음도 그댈 따라가고파
가다 보면 우리 다시 만나게 될까요
아 바람아 바람아 전해다오
그리운 이 마음을 물망초 같은 이 마음을

꽃을 찾는 저 나비처럼 내게 돌아온다면
향기로운 저 꽃잎처럼 나는 피어날 거예요
바람 따라 내 마음도 그댈 따라가고파
꿈속이라도 정말 그댈 만나고 싶어요
아 바람아 바람아 전해다오
변치 않는 이 마음을 소나무 같은 이 마음을

후회

작곡/최종혁

미워졌다고 마음에도 없는 소리를 했지
나 맘속으로 얼마나 울었는지 몰라
싫어졌다고 인제 그만 헤어지자고 했지
나 돌아서서 얼마나 후회했는지 몰라
내 마음 들킬까 봐 먼 하늘만 쳐다보았어
넋이 나간 사람처럼 헤매고 다녔어
잘못했다고 문자라도 보내볼까
보고 싶다고 편지라도 보내볼까
아니 아니 아니 아니
용서하지 않으면 어떡하지

오늘 밤 자고 나면 괜찮겠지 생각했지만
눈을 뜨자 또 네 생각나 눈물로 보냈어
잘못했다고 문자라도 보내볼까
잘못했다고 편지라도 보내볼까
아니 아니 아니 아니
잊었다고 하면 어떡하지
잘못했다고 문자라도 보내볼까
보고 싶다고 편지라도 보내볼까
아니 아니 아니 아니
잊었다고 하면 어떡하지

파랑새는 노랠 부르지 않는다

작곡/최종혁

파랑새는 노랠 부르지 않는다
그리움의 노래도 미움의 노래도
벙어리가 되어 버린 파랑새
힘겨운 숨소리만 내쉴 뿐이다
파랑새는 노랠 부르지 않는다
그리움의 노래도 미움의 노래도
오랜 여행길에 지친 파랑새
영원히 잠들고 싶을 뿐이다
누가 이 가녀린 파랑새에게
따스한 손길 내밀어 주려나
그 언제쯤 힘찬 날갯짓 하며
날아올라 노랠 부를 수 있으려나
오늘도 파랑새는 동굴 속에서
찢어진 날개 어루만진다

벙어리가 되어 버린 파랑새
힘겨운 숨소리만 내쉴 뿐이다
파랑새는 노랠 부르지 않는다
그리움의 노래도 미움의 노래도
오랜 여행길에 지친 파랑새
영원히 잠들고 싶을 뿐이다
누가 이 가녀린 파랑새에게
따스한 손길 내밀어 주려나
그 언제쯤 힘찬 날갯짓 하며
날아올라 노랠 부를 수 있으려나
상처 난 가슴을 보듬어 안고
소리 없이 흐느낄 뿐이다

미안합니다

작곡/최종혁

미안합니다 날 사랑하지 말아요
그대만을 사랑하지 못한 죄인입니다
매일 밤 기다리고 기다렸지요
바람결에 그대 소식 들을까
시간이 흘러 사랑도 변해
새로운 사람이 생겼습니다
미안합니다 끝까지 기다리지 못해서
미안합니다 사랑하지 못해서

미안합니다 날 용서하지 말아요
그대 사랑받을 수 없는 죄인입니다
가로등 불빛 아래 기다렸지요
그대 그림자라도 볼 수 있을까
시간이 흘러 사랑도 변해
새로운 사람이 생겼습니다
미안합니다 끝까지 기다리지 못해서
미안합니다 사랑하지 못해서

몰랐어요

작곡/최종혁

몰랐어요 진정 몰랐어요 헤어지는 그 순간까지
새하얀 그 미소가 영원할 줄 알았어요
몰랐어요 진정 몰랐어요 헤어지는 그 순간까지
태산 같은 그 마음이 영원할 줄 알았어요
돌아서는 그대 미워할 수 없는 내 마음이 더 미워
애꿎은 돌멩이만 툭툭 차며 걸었습니다
아 아 그대 하나만을 사랑한 어리석은
내 마음이 낙엽처럼 뒹굴고 있어요

몰랐어요 진정 몰랐어요 헤어지는 그 순간까지
태산 같은 그 마음이 영원할 줄 알았어요
돌아서는 그대 미워할 수 없는 내 마음이 더 미워
애꿎은 돌멩이만 툭툭 차며 걸었습니다
아 아 그대 하나만을 사랑한 어리석은
내 마음이 낙엽처럼 뒹굴고 있어요

애원

작곡/최종혁

어찌하실 건가요 아니 나 어떻게 할까요
그리움에 목멘 가슴은 숨을 쉴 수가 없는데
어찌하실 건가요 아니 나 어떻게 할까요
이토록 가슴이 저려와 죽을 것만 같은데
바라만 보는 사랑 이렇게 힘들 줄 몰랐어요
가슴에 담고 있으면 마냥 행복한 줄 알았어요
오 내 사랑 그대여 나의 사랑 받아주소서
나날이 야위어 가는 이 몹쓸 병을 고쳐주소서

어찌하실 건가요 아니 나 어떻게 할까요
외로움에 목멘 가슴은 숨을 쉴 수가 없는데
어찌하실 건가요 아니 나 어떻게 할까요
이토록 가슴이 아파와 죽을 것만 같은데
그리워하는 사랑 이렇게 힘들 줄 몰랐어요
가슴에 품고 있으면 마냥 행복한 줄 알았어요
오 내 사랑 그대여 나의 사랑 받아주소서
받아줄 수 없다면 차라리 내 심장에 총을 쏴주오

애수

작곡/최종혁

가슴이 아픈 건지 허전한 건지
도무지 알 수가 없어요
그 무엇이 잠 못 들게 하는 건지
도대체 알 수가 없어요
내 마음 전부를 다 주고도
그대 가슴팍 언저리에서 맴도는 사랑
상처에 소금을 비벼 놓은 듯
쓰리고 아파서 견딜 수 없어
아 아 부질없는 사랑에 포로가 되어
아 아 나날이 정신은 혼미해져요

내 마음 전부를 다 주고도
그대 가슴팍 언저리에서 맴도는 사랑
상처에 소금을 비벼 놓은 듯
쓰리고 아파서 견딜 수 없어
아 아 불빛을 쫓아가는 불나방처럼
아 아 마음을 종잡을 수가 없어요
아 아 마음을 종잡을 수가 없어요

빨간 우체통

작곡/최종혁

빨간 우체통만 보면 왜 당신 생각이 날까요
고운 단풍 하나 주워 당신께 안부를 전해요

오오오 그대 내 사랑 그대
오오오 지금 어디에 있나

하루에도 수십 번 더 당신이 그립고 그리워
난 매일 빨간 우체통 앞에서 당신을 기다려

오오오 그대 내 사랑 그대
오오오 지금 어디에 있나

먼 하늘가에 맴도는 당신의 그리운 얼굴이
내 가슴에 별이 되어 잔잔히 부서져 내려요

그런 사람이 있습니다

작곡/최종혁

그런 사람이 있습니다
첫 눈이 내리면 젤 먼저 생각나는
그런 사람이 있습니다
마주 보는 눈빛만으로 행복을 주는
바다 같은 마음과
하늘 같은 사랑을 주고 싶은 사람
아무에게라도 막 자랑하고 싶은
그런 사람 있습니다

그런 사람이 있습니다
내 맘 깊은 곳에 꼭꼭 가두고픈
그런 사람이 있습니다
그 눈 속에 영원히 머물고 싶은
부르면 언제라도 달려와
내 안에 세상 된 사람
보고 돌아서면 또 보고 싶은
그런 사람 있습니다

웬수 같은 사람아

작곡/최종혁

당신을 사랑하는 일이
들녘에 서 있는 허수아비 같아
가슴에 숭숭 바람이 불어오더이다

당신을 미워하는 일이
한겨울 내리는 소낙비 같아
가슴이 시려 그마저 쉽지가 않더이다

당신을 잊고 사는 일은
매 순간 숨 안 쉬고 살 수 없듯이
잠시라도 그리워 견딜 수가 없더이다

당신을 떠나려 해도
애처로운 눈빛이 눈에 밟혀
차마 발걸음이 떨어지지 않더이다

이 웬수 같은 사람아
어쩌자고 우리가 만났던가
어쩌자고 사랑을 했던가

못 잊을 사람

작곡/최종혁

잊으려 하면 더욱더 떠오르는 사람
지우려 하면 더욱더 생각나는 사람
길도 없는 꿈길 살며시 찾아와
내 맘 울리고 가버린 무정한 사람
지금 어디에서 살고 있는지
가끔 내 생각은 하고 있는지
하루에도 수십 번 더 생각이 나요
하루에도 수백 번 더 보고 싶어요
매일 그대 생각에 잠 못 들어요

비가 내리면 더욱더 사무치는 사람
눈이 내리면 더욱더 보고 싶은 사람
사시사철 스미는 그리움에
눈시울 젖게 하는 못 잊을 사람
지금 어디에서 살고 있는지
가끔 내 생각은 하고 있는지
하루에도 수십 번 더 생각이 나요
하루에도 수백 번 더 보고 싶어요
매일 그대 생각에 잠 못 들어요

슬픈 연가

작곡/최종혁

한때 나의 태양이었던 사람아
눈언저리엔 언제나 바닷물이 넘친다
한때 나의 운명이었던 사람아
가슴 언저리엔 언제나 파도가 일렁인다
하늘이 허락하지 않는 사랑은
기다림도 용서되지 않았고
그리움도 사치였던 사랑은
멍든 가슴조차 내보일 수 없었다
함께할 수 없어 감질나는 사람아
넌 내 것이면서 내 것이 아니었다
차마 보듬어 안을 수 없는 사람아
네가 그리우면 내 가슴에 비가 내린다

하늘이 허락하지 않는 사랑은
기다림도 용서되지 않았고
그리움도 사치였던 사랑은
멍든 가슴조차 내보일 수 없었다
함께할 수 없어 감질나는 사람아
넌 내 것이면서 내 것이 아니었다
차마 보듬어 안을 수 없는 사람아
네가 그리우면 내 가슴에 비가 내린다

사랑이란

작곡/최종혁

사랑이라 생각하면
어느새 저만치 가 있는 당신
이별이라 생각하면
어느새 이만큼 와 있는 당신
아 사랑이란 알 수가 없어요
함께 있어도 외로움만 느껴져요
엄마 잃은 어린아이처럼
나는 늘 당신이 그리워요
언제 언제까지나
당신의 품속에서 잠들고 싶어요

사랑이라 생각하면
어느새 저만치 가 있는 당신
이별이라 생각하면
어느새 이만큼 와 있는 당신
아 사랑이란 알 수가 없어요
곁에 있어도 멀게만 느껴져요
비에 젖은 여린 꽃잎처럼
나는 늘 당신만 바라봐요
언제 언제까지나
당신의 눈길 속에서 머물고 싶어요

내게 다시 돌아온다면

작곡/최종혁

당신의 그 이름 그 목소리 잊을 수 있어도
우수에 젖은 그 눈빛은 잊혀지지 않아
잊으라는 그 한마디 던져놓고 가버린 사람
화인처럼 내 가슴에 남아 눈물짓게 하네

아 계절이 수없이 바뀌고 또 바뀌어도
뜨거웠던 그 마음 변하지 않아
시간이 수없이 흐르고 또 흘러도
사랑했던 그 순간을 잊을 수 없어
돌아와 돌아와 내게 다시 돌아온다면
내가 좀 더 아껴주고 내가 좀 더 사랑할게

아 계절이 수없이 바뀌고 또 바뀌어도
뜨거웠던 그 마음 변하지 않아
시간이 수없이 흐르고 또 흘러도
사랑했던 그 순간을 잊을 수 없어
돌아와 돌아와 내게 다시 돌아온다면
내가 좀 더 아껴주고 내가 좀 더 사랑할게

얄궂은 마음

작곡/최종혁

꿈속이라도 한 번 보고 싶은 내 사랑
어디서 무얼 하고 계시나요
비 내리면 더욱더 그리운 사랑
지금쯤 무얼 하고 계시나요

생각해 보면 못 잊을 사람도 아닌데
왜 이리 그립고 그리운가요
한없는 기다림에 야속한 그 사람
미워할 수 없는 이 마음 어쩌나요

생각해 보면 못 잊을 사람도 아닌데
왜 이리 그립고 그리운가요
한없는 기다림에 야속한 그 사람
미워할 수 없는 이 마음 어쩌나요

괜시리

작곡/최종혁

그대 살다 괜시리 눈물 난 적 없는가
그대 살다 괜시리 우울한 적 없는가
혼자라는 생각에 술도 마셔 봤지만
혼자라는 생각을 떨쳐버릴 수가 없어
한없이 비를 맞고 걷고 또 걸어
인생이란 어차피 쓸쓸하고 외로워

그대 살다 괜시리 슬퍼본 적 없는가
그대 살다 괜시리 아파본 적 없는가
힘든 세상 아무리 몸부림쳐 보아도
힘든 세상 도무지 벗어날 수가 없어
그래도 절망 속에 희망은 있어
인생이란 누구나 꿈을 꾸며 사는 것

이놈의 사랑

작곡/최종혁

사랑이 무너지더니 이별이 찾아오더라
빛바랜 사진처럼 희미해져 가더라
사랑이 무너져도 이별이 찾아와도
기억 속에서 잊혀진 건 아니지

이놈의 사랑은 말하지 않아도
생각하지 않아도 떠오르는 이놈의 사랑
길을 가다가 널 닮은 모습만 보아도
차를 마시다 널 닮은 목소리만 들어도
이놈의 사랑 눈물만 흐른다

이놈의 사랑은 말하지 않아도
생각하지 않아도 떠오르는 이놈의 사랑
길을 가다가 널 닮은 모습만 보아도
차를 마시다 널 닮은 목소리만 들어도
이놈의 사랑 눈물만 흐른다

바람 같은 사람

작곡/최종혁

사랑해 사랑해 속삭여놓고
바람처럼 가버린 사람이여
별처럼 수많은 우리 추억
그대 어찌 잊을 수 있나요
보석처럼 빛나던 우리 사랑
그대 어찌 잊을 수 있나요
아 그리운 사람이여 낙엽처럼
부서지는 이 마음 어이하나요
아 아 아
바람 같은 사람이여 어이하나요

보석처럼 빛나던 우리 사랑
그대 어찌 잊을 수 있나요
아 그리운 사람이여 낙엽처럼
부서지는 이 마음 어이하나요
아 아 아
바람 같은 사람이여 어이하나요
아 아 아
바람 같은 사람이여 어이하나요

미치겠어요

작곡/최종혁

떠나버린 그대가 야속해서 미치겠어요
바람처럼 사라져 간 그대 미운 눈빛이

떠나버린 그대가 그리워서 미치겠어요
햇살처럼 눈부시던 그대 붉은 입술이

사랑의 단비 맞으며 뜨겁게 안아주던 님
무지개다리를 건너 내게로 돌아와 줘요

떠나버린 그대가 보고파서 미치겠어요
커피처럼 향기롭던 그대 고운 목소리

사랑의 맹세해놓고 저 멀리 떠나버린 님
장미꽃 한 아름 안고 내게로 돌아와 줘요

나는 좋아

작곡/최종혁

그대 곁에 서면 음음 나는 좋아
음음 하늘만큼 좋아요
우린 단칸방도 음음 정말 좋아
음음 바다만큼 좋아요
아 세상에 태어나
맨 처음 사랑한 그대라서
진심으로 아껴주고 보고 싶은 그대죠
아 이 세상 끝까지
함께할 소중한 그대라서
진심으로 아껴주고 보고 싶은 그대죠

그대 잠든 모습 음음 나는 좋아
음음 순수해서 좋아요
우린 꿈속에도 음음 정말 좋아
음음 함께라서 좋아요
아 저 하늘에서도
함께할 소중한 그대라서
진심으로 아껴주고 보고 싶은 그대죠

뜨겁게 안아줘

작곡/최종혁

빗방울 수만큼 너만을 사랑해
저 하늘 별처럼 영원히 사랑해

장미꽃같이 어여쁜 그댄 향기로워 사랑해
나 이제 달려가 너에게 안길래 뜨겁게 안아줘

네 눈빛 보면은 난 알아 행복해
우리는 하나야 너무나 행복해

소나무처럼 든든한 그댄 싱그러워 사랑해
난 매일 네 품에 꼭 안겨 잠들래 포근히 안아줘

빗방울 수만큼 너만을 사랑해
저 하늘 별처럼 영원히 사랑해

장미꽃같이 어여쁜 그댄 향기로워 사랑해
나 이제 달려가 너에게 안길래 뜨겁게 안아줘
꼬옥

당신이 좋아

작곡/최종혁

당신이 좋아 어쩌면 좋아 내 가슴이 콩닥콩닥
당신이 좋아 정말로 좋아 내 가슴이 쿵덕쿵덕
보고 보고 또 봐도 싫지 않은 내 사랑
우리 함께 살아요 행복하게 살아요
당신이 좋아 어쩌면 좋아 내 가슴이 살랑살랑
당신이 좋아 정말로 좋아 내 가슴이 두근두근
보고 보고 또 봐도 보고 싶은 내 사랑
오손도손 살아요 사이좋게 살아요
당신은 줄기 되고 나는 잎이 되어
아름다운 꽃을 피워요
산새 들새 찾아와 노래 부르는
그림 같은 집에 살아요

당신이 좋아 어쩌면 좋아 내 가슴이 살랑살랑
당신이 좋아 정말로 좋아 내 가슴이 두근두근
보고 보고 또 봐도 보고 싶은 내 사랑
오손도손 살아요 사이좋게 살아요
당신은 왕자 되고 나는 공주 되어
아름다운 성을 지어요
별님 달님 찾아와 노래 부르는
동화 같은 집에 살아요
당신이 좋아 어쩌면 좋아 내 가슴이 살랑살랑
당신이 좋아 정말로 좋아 내 가슴이 두근두근

참 어여쁜 사람

작곡/최종혁

당신은 생각하면 할수록
참 어여쁜 사람이에요
당신은 아무리 생각해봐도
참 멋진 사람이에요
멀리서 바라만 보아도 좋아요
예쁜 모습만 보여주고 싶어요
달빛 고운 창가에 마주 앉아
우리 사랑 노래 함께 부르며
마주 잡은 손 놓지 말아요
저 하늘이 부를 때까지
마주 잡은 손 놓지 말아요

당신은 오직 나만 사랑한
참 어여쁜 사람이에요
당신은 그 누가 뭐라고 해도
참 멋진 사람이에요
멀리서 바라만 보아도 좋아요
예쁜 모습만 보여주고 싶어요
별빛 내리는 강가에 별을 세며
무지갯빛 꿈을 함께 꿈꾸며
마주 잡은 손 놓지 말아요
저 하늘이 부를 때까지
마주 잡은 손 놓지 말아요

당신의 의미

작곡/최종혁

당신의 마음은 붉은 장미처럼 향기로워
차가운 바람도 포근한 햇살처럼 느껴져요
당신의 미소는 상큼한 사과처럼 싱그러워
뜨거운 태양도 시원한 그늘처럼 느껴져요
사랑해요 당신 고마워요 당신
힘이 들 때나 외로워도 슬프지 않아요
이 험한 세상 아직 조금 더 살고 싶은 건
사랑하는 당신이 곁에 있기 때문이에요
사랑해요 당신 고마워요 당신
행복해요 당신 감사해요 당신

어디를 가도 혼자 있어도 외롭지 않아요
이 험한 세상 아직 조금 더 살고 싶은 건
사랑하는 당신이 곁에 있기 때문이에요
사랑해요 당신 고마워요 당신
행복해요 당신 감사해요 당신

장밋빛 인생

작곡/최종혁

한때 나도 꿈이 있었지
무지갯빛 영롱한 꿈이
커리어 우먼처럼 멋지게 섹시하게
신세대 여인처럼 쿨하게 신나게
난 다시 꿈꿀 거야 내 이름 찾을 거야
꼭 성공한 사람이 될 거야
앞만 보고 열심히 뛰어
누구보다 행복할 거야
빨간 스포츠카에 멋진 꿈을 싣고
내 인생은 장밋빛 폼나게 살 거야

한때 나도 잘나갔었지
태양처럼 빛나던 청춘
에스라인 몸매 뽐내며 걸었지
세상의 모든 남자 나에게 뿅갔지
난 다시 꿈꿀 거야 내 이름 찾을 거야
꼭 성공한 사람이 될 거야
아침부터 밤까지 뛰어
누구보다 행복할 거야
빨간 스포츠카에 멋진 애인 싣고
내 인생은 장밋빛 폼나게 살 거야

카멜레온

작곡/최종혁

빨간 앞치마 입고 살림만 하는
여자가 아니랍니다
멋진 남자를 만나 로맨스를
꿈꾸는 여자랍니다
비가 내리면 창 넓은 카페에
홀로 앉아 추억에 젖는
카멜레온 카멜레온 나는 카멜레온
짙은 립스틱에 스모키 화장을 하고 노래하는
카멜레온 카멜레온 나는 카멜레온
때로는 여우처럼 때로는 천사처럼

눈이 내리면 창 넓은 카페에
홀로 앉아 커피를 마시는
카멜레온 카멜레온 나는 카멜레온
미니 스커트에 뾰족 구두를 신고 춤을 추는
카멜레온 카멜레온 나는 카멜레온
때로는 여우처럼 때로는 천사처럼

보석 같은 당신

작곡/최종혁

메마른 가슴에 단비를 뿌려 준 당신은
세상의 모든 기쁨과 행복을 전해준 사람

잔잔한 미소가 너무나 아름다운 당신은
나의 아픔과 슬픔도 포근히 감싸준 사람

사랑합니다 사랑합니다
운명 같은 당신을 사랑합니다

사랑합니다 사랑합니다
보석 같은 당신을 사랑합니다

운명 같은 당신을 만난 건 행운이었어요
보석 같은 당신을 만난 건 축복이었어요

너만 있다면

작곡/최종혁

좋은 옷 입지 않아도 좋아 너만 내 곁에 있다면
좋은 차 타지 않아도 좋아 너만 내 곁에 있다면
백 년을 살아도 네가 없으면 무슨 소용이 있어
하루를 살아도 너만 있다면 나는 행복한 사람
아 하늘 아래 단 하나의 내 사랑아
아 하늘 아래 둘도 없는 내 사랑아
내 가슴에 사랑의 꽃을 피워요
행복의 꽃마차 타고 함께 가요

폼나게 살지 않아도 좋아 너만 내 곁에 있다면
멋지게 살지 않아도 좋아 너만 내 곁에 있다면
그 어떤 기쁨도 네가 없으면 무슨 소용이 있어
그 어떤 슬픔도 너만 있다면 난 견딜 수 있어
아 하늘 아래 단 하나의 내 사랑아
아 하늘 아래 둘도 없는 내 사랑아
내 가슴에 사랑의 꽃을 피워요
행복의 꽃마차 타고 함께 가요

삐꼬 삐꼬

작곡/최종혁

삐꼬 삐꼬 내 사랑 삐꼬 삐꼬 보고 싶어
삐꼬 삐꼬 내 사랑 삐꼬 삐꼬 아무도 몰라
오가는 사랑의 밀어 속에 깊어가는 우리 사랑
파도처럼 밀려오는 행복한 마음 누구도 몰라
삐꼬 삐꼬 내 사랑 삐꼬 삐꼬 보고 싶어
삐꼬 삐꼬 내 사랑 삐꼬 삐꼬 아무도 몰라
오 눌러줘요 내 사랑 삐꼬
오 기다려요 내 사랑 삐꼬
잠 못 드는 밤이면 들려줘요 삐꼬
달콤한 그대 목소리 꿈나라로 갈 거예요

삐꼬 삐꼬 내 사랑 삐꼬 삐꼬 아무도 몰라
삐꼬 삐꼬 내 사랑 삐꼬 삐꼬 아무도 몰라
오가는 사랑의 밀어 속에 깊어가는 우리 사랑
파도처럼 밀려오는 행복한 마음 누구도 몰라
삐꼬 삐꼬 내 사랑 삐꼬 삐꼬 보고 싶어
삐꼬 삐꼬 내 사랑 삐꼬 삐꼬 아무도 몰라
오 눌러줘요 내 사랑 삐꼬
오 기다려요 내 사랑 삐꼬
외로운 밤이면 속삭여줘요 삐꼬

내 스타일이야

작곡/최종혁

지금 내 앞에 넌 춤을 추는 인형이야
섹시한 눈빛 섹시한 몸매
지금 내 앞에 넌 걸어 다니는 꽃이야
향긋한 미소 상냥한 말씨
이리 보고 저리 봐도 내 스타일이야
이리 보고 저리 봐도 내 이상형이야
처음 본 그 순간 반해 버렸어
가슴이 두근거려 쳐다볼 수 없어
뜨거운 너의 눈빛에 녹는다 녹아
이리 보고 저리 봐도 내 스타일
이리 보고 저리 봐도 내 이상형

지금 내 앞에 넌 춤을 추는 인형이야
섹시한 눈빛 섹시한 몸매
지금 내 앞에 넌 걸어 다니는 꽃이야
향긋한 미소 상냥한 말씨
이리 보고 저리 봐도 내 스타일이야
이리 보고 저리 봐도 내 이상형이야
처음 본 그 순간 반해 버렸어
가슴이 두근거려 쳐다볼 수 없어
달콤한 너의 입술에 녹는다 녹아
이리 보고 저리 봐도 내 스타일
이리 보고 저리 봐도 내 이상형

꿈만 같아요

작곡/최종혁

난난난난난 사랑합니다 랄라랄라 랄랄라라
난난난난난 행복합니다 랄라랄라 랄랄라라
그대 사랑에 취해서 난 꿈만 같아요
그대 행복에 취해서 난 꽃길 같아요
이 사랑이 깨어질까 난 두려워요
이 행복이 깨어질까 난 무서워요
매일매일 보고파요 내 곁에만 있어요

난난난난난 사랑합니다 랄라랄라 랄랄라라
난난난난난 행복합니다 랄라랄라 랄랄라라
나는 그대를 위해서 곱게 화장을 해요
그댄 나만을 위해서 노랠 불러주세요
이 순간이 영원하길 난 기도해요
이 행복이 영원하길 난 기도해요
달님에게 기도해요 내 사랑을 위해서

말해봐

작곡/최종혁

무표정한 네 모습을 보면 난 질식할 것 같아
사랑이 식은 거니 아님 내가 싫어진 거니
냉정한 네 모습을 보면 난 미칠 것만 같아
애인이 생긴 거니 아님 내가 미워진 거니
우린 마주 보는 눈길만으로도 행복했잖아
하루에도 수없이 사랑한다 속삭였잖아
도대체 이유가 뭐야 답답해 죽겠어
속 시원히 말해봐 남자답게 말해봐
싫다고 하면 보내 줄게 깨끗하게 보내 줄게
아직도 너를 사랑하지만 미련 없이 보내 줄게

쓸쓸한 네 모습을 보면 난 가슴이 넘 아파
날 떠나 후회하니 아님 내가 그리운 거니
외로운 네 모습을 보면 난 가슴이 넘 저려
추억이 생각나니 아님 내가 보고픈 거니
우린 마주 보는 눈길만으로도 행복했잖아
하루에도 수없이 사랑한다 속삭였잖아
도대체 이유가 뭐야 답답해 죽겠어
속 시원히 말해봐 남자답게 말해봐
사랑한다면 받아 줄게 두말 않고 받아 줄게
아직도 너를 사랑하기에 포근하게 안아 줄게

울긴 왜 울어

작곡/최종혁

인생이 뭐 별거더냐 사랑이 뭐 별거더냐
그깟 인생 때문에 그깟 사랑 때문에 울긴 왜 울어
괴로우면 괴로운 대로 슬프면 슬픈 대로
술 한잔 마시면서 너털웃음 웃어보자
인생아 울지 마라 사랑아 울지 마라
세상만사 내 뜻대로 되질 않잖아
살다 보면 언젠가 무지개 뜨겠지
남자가 뭐 별거더냐 여자가 뭐 별거더냐
그깟 남자 때문에 그깟 여자 때문에 울긴 왜 울어
좋으면 좋은 대로 싫으면 싫은 대로
노래 한 곡 부르면서 너털웃음 웃어보자
인생아 울지 마라 사랑아 울지 마라
세상만사 내 뜻대로 되질 않잖아
살다 보면 언젠가 사랑이 오겠지

인생이 뭐 별거더냐 사랑이 뭐 별거더냐
그깟 인생 때문에 그깟 사랑 때문에 울긴 왜 울어
괴로우면 괴로운 대로 슬프면 슬픈 대로
하늘 한 번 쳐다보며 너털웃음 웃어보자
인생아 울지 마라 사랑아 울지 마라
세상만사 내 뜻대로 되질 않잖아
살다 보면 언젠가 무지개 뜨겠지
살다 보면 언젠가 사랑이 오겠지

잘났어 정말

작곡/최종혁

처음부터 넌 내 스타일이 아니었어
잘난 척하는 널 더 이상 볼 수가 없었어
처음부터 넌 내 마음에 차지 않았어
가려고 하면 가 더 이상 붙잡지 않아
잘났어 정말 뭐가 그리 잘난 거야
세상에 너보다 멋진 사람 많고 많아
잘났어 정말 뭐가 그리 잘난 거야
세상에 너보다 못한 사람 어디 있어
난 다 알아 난 다 알아
큰소리쳐도 가슴은 졸이고 있다는 거
난 다 알아 난 다 알아
태연한 척해도 네 마음도 켕길 거라는 거

이제부터 나 너 때문에 열 받지 않아
잘난 척하는 널 더 이상 사랑하지 않아
이제부터 나 너 때문에 아프지 않아
가려고 하면 가 더 이상 매달리지 않아
잘났어 정말 뭐가 그리 잘난 거야
세상에 너보다 멋진 사람 많고 많아
잘났어 정말 뭐가 그리 잘난 거야
세상에 너보다 못한 사람 어디 있어
난 다 알아 난 다 알아
큰소리쳐도 가슴은 졸이고 있다는 거
난 다 알아 난 다 알아
태연한 척해도 네 마음도 켕길 거라는 거
잘났어 정말 뭐가 그리 잘난 거야
세상에 너보다 멋진 사람 많고 많아
잘났어 정말 뭐가 그리 잘난 거야
세상에 너보다 못한 사람 어디 있어

너에게 난

작곡/최종혁

비처럼 착하게 순하게
인제 그만 너에게 가고 싶다
눈처럼 순결하게 눈부시게
인제 그만 너에게 가고 싶다
바람처럼 너에게로 달려가
아무 망설임 없이 안기고 싶다
구름처럼 너에게로 날아가
아무 두려움 없이 안기고 싶다
언제나 너에게 난 비처럼
아름다운 사람이고 싶다
언제나 너에게 난 눈처럼
순수한 사람이고 싶다

별처럼 영롱하게 찬란하게
인제 그만 너에게 가고 싶다
달처럼 화사하게 포근하게
인제 그만 너에게 가고 싶다
바람처럼 너에게로 달려가
아무 주저함 없이 안기고 싶다
구름처럼 너에게로 날아가
아무 부끄럼 없이 안기고 싶다
언제나 너에게 난 별처럼
아름다운 사람이고 싶다
언제나 너에게 난 달처럼
순수한 사람이고 싶다

내 슬픔은

작곡/최종혁

아무것도 바라지 않아
너만 내 곁에 있어 준다면 난 행복한데
아무것도 원하지 않아
네 곁에 있을 수만 있다면 난 행복한데
소박한 나의 꿈이 왜 너에겐 사치인지
잔잔한 네 미소가 나에겐 보석인데
간절한 나의 사랑이 왜 너에겐 사치인지
은은한 네 눈빛이 나에겐 보석인데
내 슬픔이 네 슬픔이 아니라는 사실이
날 슬프게 해 아프게 해
내 기쁨이 네 기쁨이 아니라는 사실이
날 슬프게 해 아프게 해

소박한 나의 꿈이 왜 너에겐 사치인지
잔잔한 네 미소가 나에겐 보석인데
간절한 나의 사랑이 왜 너에겐 사치인지
은은한 네 눈빛이 나에겐 보석인데
내 슬픔이 네 슬픔이 아니라는 사실이
날 슬프게 해 아프게 해
내 기쁨이 네 기쁨이 아니라는 사실이
날 슬프게 해 아프게 해

고마운 사람

작곡/최종혁

내 품에 안아도 좋아요 사랑하는 당신이니까
그 품에 안겨도 좋아요 사랑하는 당신이니까
이렇게 함께 있으면 난 꿈만 같아요
둘이서 함께 있으니 난 정말 행복해
힘들 때마다 나의 곁에서 지켜 준 사람
고마워요 고마워요
이제부터 내가 당신 힘이 될게요
영원토록 내가 당신 사랑할게요

바라만 봐도 좋아요 사랑하는 당신이니까
생각만 해도 좋아요 사랑하는 당신이니까
이렇게 함께 있으면 난 꿈만 같아요
둘이서 함께 있으니 난 정말 행복해
힘들 때마다 나의 곁에서 지켜 준 사람
고마워요 고마워요
이제부터 내가 당신 힘이 될게요
영원토록 내가 당신 사랑할게요
이제부터 내가 당신 지켜줄게요

돌아와

작곡/최종혁

넌 아직도 내겐 일 번이야
내 손이 널 기억한다는 걸
넌 아직도 내겐 사랑이야
내 몸이 널 기억한다는 걸
돌아와 돌아와 나의 사랑
돌아와 돌아와 나에게로
돌아와 돌아와 나의 사랑
돌아와 돌아와 기다릴게
뜨겁던 그 눈빛 뜨겁던 그 입술
잊지 못해 찾아 헤매고 있어
날 떠난 넌 날 잊었겠지만
난 처음 그대로 널 그리워해
날 떠난 넌 애인이 생겼지만
난 처음 그대로 널 사랑해

넌 아직도 내겐 일 번이야
내 손이 널 기억한다는 걸
넌 아직도 내겐 사랑이야
내 몸이 널 기억한다는 걸
돌아와 돌아와 나의 사랑
돌아와 돌아와 나에게로
돌아와 돌아와 나의 사랑
돌아와 돌아와 기다릴게
처음 본 그 순간 처음 본 그 느낌
그때 그대로 간직하고 있어
날 떠난 넌 날 잊었겠지만
난 처음 그대로 널 그리워해
날 떠난 넌 애인이 생겼지만
난 처음 그대로 널 사랑해

떠나가 줘

작곡/최종혁

왜 자꾸 흔드는 거니 나의 그대를
냉정하게 떠나간 사람이
왜 자꾸 흔드는 거니 나의 그대를
미련 없이 떠나간 사람이
인제 와서 사랑이라니 말도 안 돼
힘들 때마다 함께한 사람은 나야
그런 슬픈 눈빛으로 쳐다보지 마
평생을 두고 사랑할 사람도 나야
떠나가 줘 어떻게 키워온 사랑인데
떠나가 줘 어떻게 지켜온 사랑인데
두 번 다시 너에겐 보낼 순 없어
이제 다시 너에겐 보낼 순 없어

왜 자꾸 힘들게 하니 나의 사랑을
냉정하게 떠나간 사람이
왜 자꾸 힘들게 하니 나의 사랑을
미련 없이 떠나간 사람이
인제 와서 못 잊겠다니 말도 안 돼
외로울 때마다 함께한 사람은 나야
그런 애처로운 눈빛으로 바라보지 마
평생을 함께할 사람은 나야
떠나가 줘 어떻게 키워온 사랑인데
떠나가 줘 어떻게 지켜온 사랑인데
두 번 다시 너에겐 보낼 순 없어
이제 다시 너에겐 보낼 순 없어

거짓말이야

작곡/최종혁

나보다 더 널 사랑하는 그녀 보았어
나보다 더 널 아껴주는 그녀 보았어
네 곁에 다른 사람 있다는 것이
가슴이 너무 아파 견딜 수 없어
너만 행복하다면 난 정말 괜찮다고
거짓말 거짓말 거짓말이야
나 때문에 네가 많이 아팠으면 좋겠어
나 때문에 네가 많이 힘들었으면 좋겠어
내 말은 거짓말이야

네 곁에 다른 사람 있다는 것이
가슴이 너무 아파 견딜 수 없어
너만 행복하다면 난 정말 괜찮다고
거짓말 거짓말 거짓말이야
나 땜에 네가 많이 아팠으면 좋겠어
나 땜에 네가 많이 힘들었으면 좋겠어
내 말은 거짓말이야

라면이 더 좋아

작곡/최종혁

짜짜 짜장면도 좋지만 난 라 라면이 더 좋아
짬짬 짬뽕도 좋지만 난 라 라면이 더 좋아

후루룩후루룩 냠냠 짭짭 쫄깃쫄깃
후루룩후루룩 냠냠 짭짭 꼬들꼬들

얼큰한 국물에 밥 말아 먹어도 좋아
얼큰한 국물에 소주 한잔도 좋아

오늘같이 이렇게 찬바람이 부는 날
파 쏭쏭 썰어 넣고 계란 하나 동동 띄워

후루룩후루룩 냠냠 짭짭 쫄깃쫄깃
후루룩후루룩 냠냠 짭짭 꼬들꼬들

환상적인 그 맛에 난 정말 뿅가버렸어
환상적인 그 맛을 난 정말 잊을 수 없어

누룽지와 사골탕

작곡/최종혁

부글부글 보글보글 가마솥에 누룽지
코끝을 자극하는 구수한 향기 식욕이 돋네

호로록호로록 할아버지 한 그릇 손주 한 그릇
호로록호로록 시어머니 한 그릇 며느리 한 그릇

옹기종기 모여 앉아 웃음꽃 피는 우리 집
후끈후끈 지끈지끈 지독한 감기몸살 도망가네

부글부글 보글보글 장작불에 사골탕
입맛을 돌게 하는 구수한 향기 식욕이 돋네

호로록호로록 장인어른 한 그릇 사위 한 그릇
호로록호로록 장모님 한 그릇 딸내미 한 그릇

옹기종기 모여 앉아 웃음꽃 피는 우리 집
찬바람이 쌩쌩 불면 장모님 손맛이 그리워지네

그대 그리다

작곡/김성봉

그대 그리다 그리다
아무도 찾아오지 않는 깊은 산속
홀로 핀 들꽃이 되어
먼 훗날 그대 내게 돌아오는 날
난 어여쁜 이름을 가진
아름다운 꽃이 되어
향기롭게 활짝 꽃 피우리라

그대 기다리다 기다리다
아무도 눈길 주지 않는 텅 빈 들판
홀로 서 있는 나무 되어
먼 훗날 그대 다시 돌아오는 날
난 풍성한 열매를 맺는
사랑의 나무가 되어
초록 들판 가득 꽃 피우리라

흉보지 말아요

작곡/최종혁

나는 욕심 많은 여자예요
그대 마음 나 혼자 다 가지고 싶은
나는 욕심 많은 여자예요
그대 향기 나 혼자만 취하고 싶은
욕심 많은 여자라고 흉보지 말아요
욕심 많은 여자라고 욕하지 말아요
사랑 앞에 순종도 할 줄 아는 그런 여자가 나예요
사랑 앞에 희생도 할 줄 아는 그런 여자가 나예요

나는 욕심 없는 여자예요
나의 마음 그대에게 다 주고 싶은
나는 욕심 없는 여자예요
나의 향기 그대에게 다 주고 싶은
욕심 없는 여자라고 흉보지 말아요
욕심 없는 여자라고 욕하지 말아요
사랑 앞에 자존심도 굽히는 그런 여자가 나예요
사랑 앞에 누구보다 열정적인 그런 여자가 나예요
투정 많은 여자라고 흉보지 말아요
애교 없는 여자라고 욕하지 말아요
오직 당신 하나만 사랑하는 그런 여자가 나예요
오직 당신 하나만 바라보는 그런 여자가 나예요

내 곁에 있어 줘요

작곡/최종혁

항상 내 곁에 있겠다던 당신이
정말 외로워 울고 있을 땐 내 곁에 없네요
항상 그 자리에 있겠다던 당신이
정말 슬퍼 견딜 수 없을 땐 저 멀리 있네요
Oh my love 날 외롭게 하지 말아요
Oh my love 날 내버려 두지 말아요
예쁜 우리 사랑 포기할지도 몰라요
언제 언제까지나 내 곁에 있어 줘요
나 혼자서는 이 밤이 너무 무서워요
언제까지나 내 곁에 있어 줘요

Oh my love 날 외롭게 하지 말아요
Oh my love 날 내버려 두지 말아요
예쁜 우리 사랑 포기할지도 몰라요
언제 언제까지나 내 곁에 있어 줘요
나 혼자서는 이 밤이 너무 무서워요
언제까지나 내 곁에 있어 줘요
나 혼자서는 이 밤이 너무 무서워요
언제까지나 내 곁에 있어 줘요

어머니 얼굴에 꽃이 피네

작곡/김성봉

어머니 얼굴에 꽃이 피네
주름진 얼굴에 꽃이 피네
여름 겨울 없이 나만 보면
검버섯 핀 얼굴에 복사꽃 피네

어머니 얼굴에 꽃이 피네
그늘진 얼굴에 꽃이 피네
바람처럼 왔다가 간 딸아이
뒷모습 보며 눈가에 소금 꽃 피네

난 오늘 꽃 피우러 간다네
연분홍 꽃 피우러 간다네
한달음에 달려갔더니
버선발로 뛰어와 함박꽃 피우네

사랑의 보증금

작곡/김성봉

어느 날 은근슬쩍 허락도 없이
가벼운 마음 하나 달랑 들고 와
내 안에 주인 행세하시는 당신
영구임대하시는 줄 알았어요
하지만 당신은 사글세군요
보증금 받아 놓을 걸 그랬나요
바람처럼 사라질지 어찌 아나요
행여 가시려거든 권리금은 주고 가세요
내 영혼의 수수료도 두둑이 주고 가세요

어느 날 은근슬쩍 허락도 없이
무거운 마음 하나 내게 남기고
나그네처럼 떠나시려는 당신
영구임대하시는 줄 알았어요
하지만 당신은 사글세군요
바람처럼 사라질지 어찌 아나요
행여 가시려거든 권리금은 주고 가세요
내 영혼의 수수료도 두둑이 주고 가세요

본드 같은 사랑

작곡/김성봉

우리 사랑에는 유통기한이 없어
방부제를 넣지 않아도 변치 않는 사랑
우리 사랑에는 유통기한이 없어
긴 세월 흘러가도 영원한 우리 사랑
세상이 뭐라고 해도 괜찮아
사람들이 뭐라고 해도 괜찮아
거센 비바람이 불어와도 괜찮아
우리는 초강력 본드처럼 찰싹 달라붙는
그런 사랑을 할 거야 그런 사랑 할 거야
하늘처럼 푸르른 사랑을 할 거야

우리 사랑에는 공휴일이 없어
일 년 삼백육십오 일 변치 않는 사랑
우리 사랑에는 공휴일이 없어
보고 또 보아도 보고픈 우리 사랑
세상이 뭐라고 해도 괜찮아
사람들이 뭐라고 해도 괜찮아
거센 비바람이 불어와도 괜찮아
우리는 초강력 본드처럼 찰싹 달라붙는
그런 사랑을 할 거야 그런 사랑 할 거야
하늘처럼 푸르른 사랑을 할 거야

알 수 있어요

작곡/김성봉

사랑한다 말하지 않아도
당신의 눈빛만 보면 알 수 있어요

좋아한다 말하지 않아도
당신의 미소만 보면 알 수 있어요

우리 가는 이 길이 아무리 멀어도
마주 잡은 손 놓지 않아요

그 어떤 거센 비바람 불어도
우리 절대 흔들리지 않아요

이 세상 끝나는 날까지
우리 사랑 영원할 거예요

내 남자

작곡/김성봉

내 사랑 깐깐한 남자
하루 종일 잔소리하는 내 남자
그래도 껴안아 주고
업어주는 내 남자가 멋있어
내 사랑 깐깐한 남자
하루 종일 귀찮게는 하지만
그래도 날 예뻐해 주는
내 남자가 이 세상에 최고야
미웁다가 고운 사람
고웁다가 미운 사람
그 누가 뭐라고 해도
이 세상에 내 남자가 최고야

내 사랑 깐깐한 남자
하루 종일 짜증만 내는 내 남자
그래도 의리 있고
인정 많은 내 남자가 멋있어
내 사랑 깐깐한 남자
하루 종일 힘들게는 하지만
그래도 날 아껴주는
내 남자가 이 세상에 최고야
무정하다 다정한 사람
다정하다 무정한 사람
아무리 생각해 봐도
이 세상에 내 남자가 최고야

가을은

작곡/김성봉

가을은 바람에 나부끼는
여인의 스카프에서 시작하며
바바리를 걸친 남자의 뒷모습이
멋지게 보일 때 떠나갑니다

가을은 해 저문 낙엽 쌓인 공원 벤치
연인들의 눈길 속에서 익어가고
어느 여류 시인의 책갈피 속에서
영원을 꿈꾸며 잠이 듭니다

수선화

작곡/김백현

앞집 순이 언니
부푼 가슴처럼
아무도 모르게
함초롬히 피어나는 꽃

수줍은 마음
누가 볼세라
노란 저고리 입고
사알짝 미소 짓는 꽃

가녀린 꽃대
바람에 아니 꺾이고
순결한 그 자태
달밤에 더욱 그윽하네

내 마음인 줄 아세요

작곡/김백현

티끌 하나 없는 파란 하늘에
뭉게구름 한 점 피어오르면
당신 그리다 애틋한 마음
아롱아롱 곱게 수놓아
바람결에 띄워 보낸
내 마음인 줄 아세요

바람마저 잠든 나른한 오후
어디선가 노랫소리 들려오거든
당신 기다리다 애잔한 마음
소록소록 그리움 엮어
바람결에 띄워 보낸
내 마음인 줄 아세요

달빛 고운 밤 산책길 나섰다
코끝을 스치는 향기 있거든
당신 못 잊어 애절한 마음
대롱대롱 풀잎에 매달아
바람결에 띄워 보낸
내 마음인 줄 아세요

고목

작곡/김백현

깊은 산중 고목 한 그루 서 있었네
밑동 겹겹이 쌓인 세월
거북 등같이 갈라진 껍질
내 어머니 거친 손마디 같네

주렁주렁 가지마다
알록달록 푸른 잎 돋아나
새소리 끊이지 않아
모두 부러워할 때 있었네

회오리바람에도 끄떡없던 고목
다섯 가지 하나둘 떠나갈 때
생살 찢어지는 아픔
속으로 삭여야만 했었네

애지중지하던 잔가지 하나
심하게 요동친다 우 우
어디선가 들려오는 빈 울음소리
늘어만 가는 옹이 옹이들

사랑의 꽃

작곡/김백현

아무도 눈길 주지 않는
들꽃이지만
당신 앞에 서면
아름다운 꽃이랍니다

바람에 이리저리 나부끼는
들꽃이지만
당신 앞에 서면
향기로운 꽃이랍니다

당신 눈길 한 번으로
당신 손길 한 번으로
내 마음은 노랑풍선처럼
하늘로 날아올라요

불타는 저 태양처럼
빛나는 저 별빛처럼
영원히 시들지 않는
사랑의 꽃이랍니다

사랑할 거야

작곡/김백현

시간이 가면 갈수록
세월이 흐르면 흐를수록
더욱더 사랑해 사랑해

좋은 일 있을 때나
궂은 일 있을 때나
변함없이 난 널 사랑해

노을 진 창가에 마주 앉아
커피를 마시며 사랑을 노래하고
달이 뜨면 팔베개하고 누워
우린 꿈나라로 갈 거야

해가 뜨면 감미로운
입맞춤으로 하루를 시작할 거야
이렇게 난 널 사랑할 거야
영원히 사랑할 거야

이별 연습

작곡/김백현

너에게 준 내 마음을
조금씩 가져올 거야
네가 외롭지 않게
네가 힘들지 않게

나에게 준 네 마음도
서서히 되돌려 줄 거야
네가 아프지 않게
네가 슬프지 않게

흔들리는 촛불 아래
흐느끼는 내 사랑아 이젠 안녕
추억이 붙잡기 전에
눈물이 나기 전에 안녕 안녕

모르는 남남처럼
아무 일도 없었던 것처럼
감미로운 음악처럼
아름다운 이별을 하는 거야

아닌 거니

작곡/김백현

아닌 거니 아니었던 거니
우리 서로 사랑한 게
나만의 감정이었던 거니

너와 거닐던 이 길도
너와 보았던 저 별도
이젠 나 혼자 느껴야 하는 거니

인연이 다한 거라고
담담하게 말을 하는 너
뜨거운 이 눈물로 붙잡을 순 없을까

보내야 한다고 놓아야 한다고
외쳐보지만 그리움에 외로움에
난 견딜 수 없을 것 같아

아닌 거니 아니었던 거니
한순간 불장난이었던 거니
정말 그런 거였던 거니

남편의 노래

작곡/김백현

비가 오나 눈이 오나 일구월심
날 위해 가족 위해 기도하는 당신

곱던 얼굴 잔주름이 늘어가도
그 주름마저 사랑스럽다오

여보 한평생 호강 한 번 못 시켜주고
고생만 시켜 정말 미안하오

아무리 힘들어도 내색 한 번 안 하고
못난 날 감싸줘서 고맙소

여보 이 생명 다하는 날까지 사랑하오
다시 태어나도 당신만을 사랑하리오
다시 태어나도 당신만을 사랑하리오

내 사랑 청바지

작곡/김백현

바지 바지 청바지 내 사랑 청바지
찢어진 청바지가 잘 어울리는 사람
바지 바지 청바지 내 사랑 청바지
흰 셔츠에 깔끔한 그 느낌이 너무 좋아
세상을 노래하고 자유를 노래하는 그댄
기타 하나 있으면 행복한 사람
세상 그 무엇도 부럽지 않아
우린 사랑 사랑하니까
금은보화도 부럽지 않아
우린 서로서로 사랑하니까

바지 바지 청바지 내 사랑 청바지
검정 선글라스가 잘 어울리는 사람
바지 바지 청바지 내 사랑 청바지
섹시한 목소리에 그 눈빛이 너무 좋아
사랑을 노래하고 희망을 노래하는 그댄
기타 하나 있으면 행복한 사람
세상 그 무엇도 부럽지 않아
우린 사랑 사랑하니까
금은보화도 부럽지 않아
우린 서로서로 사랑하니까

슈퍼 아줌마

작곡/김백현

나는야 천하무적 슈퍼 아줌마
아침부터 밤까지
가족 위해 행복 위해 이 한 몸 불사른다

나는야 천하무적 슈퍼 아줌마
비가 오나 눈이 오나
가족 위해 사랑 위해 뛰고 또 뛴다

절망아 비켜라 아줌마 가는 길
안 되는 게 없다 못 하는 게 없다

세찬 바람이 불어도 오뚝이처럼
다시 일어나는 아줌마란다

때론 곱게 화장도 하고 노래 부르며
즐길 줄 아는 멋쟁이 아줌마

태화강 연가

작곡/한기철

푸른 물결 출렁이는 십 리 대밭에서
우린 처음 만나 한눈에 반했죠
청보리가 익어가는 태화강변을
그대와 나 두 손 마주 잡고 정답게 걸어갔죠
아 은월산 산마루에 달이 뜨면
깊어만 가는 우리의 사랑
양귀비꽃처럼 아름다운 사랑이여
두 가슴에 영원하리라

은어 떼가 춤을 추는 십 리 대밭에서
우린 처음 만나 입맞춤 했었죠
오색 불빛 깜박이는 태화강변을
그대와 나 얼굴 마주 보며 사랑을 속삭였죠
아 은월산 산마루에 달이 뜨면
깊어만 가는 우리의 사랑
양귀비꽃처럼 아름다운 사랑이여
두 가슴에 영원하리라

찔레꽃 연가

작곡/한기철

탱자나무 울타리 정겹던 내 고향
지금쯤 하얀 찔레꽃 피어 있겠지
꽃반지 끼워주며 웃던 그 머스마
귓가엔 어느새 서리꽃 피어 있겠지
아 그리워라 가고파라
소꿉놀이하던 철없던 그 시절
찔레꽃 피면 돌아온다던 그 머스마
해가 가고 달이 가도 돌아올 줄 모르네

산까치 노래하는 그리운 내 고향
지금쯤 하얀 찔레꽃 피어 있겠지
꽃 편지 건네주며 웃던 그 계집애
눈가에 어느새 주름꽃 피어 있겠지
아 그리워라 가고파라
소꿉놀이하던 철없던 그 시절
찔레꽃 피면 돌아온다던 그 계집애
해가 가고 달이 가도 돌아올 줄 모르네

그 여자 그 남자

작곡/한기철

연분홍 스카프가 잘 어울리는 그 여자
힘들 때마다 날 위로하며 안아 준 사람
웃을 때 보조개가 넘 매력적인 그 여자
맵시도 좋아 솜씨도 좋아 모든 것이 다 좋아
예쁜 얼굴에 마음씨도 좋아 내가 사랑한 여자
아 나를 나를 나를 정말 사랑한 여자
평생을 곁에 두고 아끼면서 사랑해야 할 사람
나의 사랑 나의 여자 영원토록 사랑해

꽃무늬 넥타이가 잘 어울리는 그 남자
힘들 때마다 날 위로하며 안아 준 사람
웃을 때 눈웃음이 넘 매력적인 그 남자
센스도 있고 예의도 발라 모든 것이 다 좋아
멋진 얼굴에 마음씨도 좋아 내가 사랑한 남자
아 나를 나를 나를 정말 사랑한 남자
평생을 함께하며 의지하고 사랑해야 할 사람
나의 사랑 나의 남자 영원토록 사랑해

가슴에 묻을 사랑

작곡/김창수

이별이 손짓을 하네 눈물이 앞을 가려도
차가운 바람처럼 냉정히 돌아서 가네
아무리 애원을 해도 이제는 안녕이라고
그 님은 떠나가네 가슴은 찢어지는데
아 바람아 거세게 불어라
우리 님이 떠나지 못하게
이별이 손짓을 하네 추억이 가로막아도
이제는 잊어야지 가슴에 묻어야겠지

아 바람아 거세게 불어라
우리 님이 떠나지 못하게
이별이 손짓을 하네 추억이 가로막아도
이제는 잊어야지 가슴에 묻어야겠지
이제는 잊어야지 가슴에 묻어야지

해와 달

작곡/김창수

다가서면 안 될 사람 품어서도 안 될 사람
돌아서는 내 가슴에 흐르는 한줄기 눈물
뒤돌아보지 말자 눈물도 흘리지 말자
입술을 깨물어도 그리움 가눌 길 없네
구름이 달을 품듯이 꽃이 나비를 품듯이
날이 가고 달이 가도 사랑은 변함없는데
그대와 나는 사랑해선 사랑해선 안 될 사람
해와 달처럼 만날 수 없어도 사랑은 아름다워라

구름이 달을 품듯이 꽃이 나비를 품듯이
날이 가고 달이 가도 사랑은 변함없는데
그대와 나는 사랑해선 사랑해선 안 될 사람
해와 달처럼 만날 수 없어도 사랑은 아름다워라
해와 달처럼 만날 수 없어도 사랑은 아름다워라

때때로

작곡/윤도

때때로 시시때때로 보고 싶은 너
어쩌다 어쩌다 우리가 헤어졌나

때때로 시시때때로 전화하던 너
어쩌다 어쩌다 그 마음이 변했나

스치는 바람에도 달빛 고운 밤에도
네 생각에 눈물이 난다

가로등 불빛 아래 떨리는 그날처럼
다시 한 번 사랑하고파

때때로 시시때때로 하늘을 보며
목 놓아 네 이름을 불러본다

그대 다시 돌아와 내게 다시 돌아와
영원히 너를 사랑해

사랑과 이별

작곡/윤도

그대 내게 처음 오실 때는
설레임 한 아름 싣고 오셨죠
그대 내게 등 돌려 가는 지금
슬픔이 파도처럼 밀려드네요
그댄 줄기가 되고 난 잎이 되어
아름다운 꽃 피우자던 그 약속
하얀 물거품처럼 사라져 버리고
그저 뜨거운 눈물만이 흐르네요
아 이젠 어느 누가 있어
이 슬픔 감싸주나
아 이젠 어느 누가 있어
내 눈물 닦아주나

그댄 줄기가 되고 난 잎이 되어
아름다운 꽃 피우자던 그 약속
하얀 물거품처럼 사라져 버리고
그저 뜨거운 눈물만이 흐르네요
아 이젠 어느 누가 있어
이 슬픔 감싸주나
아 이젠 어느 누가 있어
내 눈물 닦아주나

섬진강 사랑

작곡/김건이

섬진강 휴게소에서 우연히 만난 그 사람
첫눈에 반했다며 커피 한잔 건네주었지
사랑의 씨앗을 심어놓고 떠난 그 사람
보고 싶어 찾아온 섬진강엔 찬바람만 부네
아 섬진강 푸른 물은 변함없는데
아 사랑한 그 사람은 보이질 않네
섬진강 푸른 물에 새긴 정 잊을 수 없어
쓸쓸히 나 홀로 추억의 빈 잔만 마셨네

아 섬진강 푸른 물은 변함없는데
아 사랑한 그 사람은 보이질 않네
섬진강 푸른 물에 새긴 정 잊을 수 없어
쓸쓸히 나 홀로 추억의 빈 잔만 마셨네

착각하지 마

작곡/김건이

너너너 네가 뭔데 내내내 내가 왜 울어
너 때문에 울고 있을 거라고 착각하지 마
너너너 네가 뭔데 내내내 내가 왜 아파
너 때문에 아파할 거라고 생각하지 마
네가 없어도 밥 잘 먹고 잠 잘 자고 있어
두 번 다시 네 생각 따윈 하고 싶지 않아
그래도 가끔은 네가 보고 싶기는 해
그동안 우린 미치도록 사랑했었잖아
너너너 네가 뭔데 내내내 내가 왜 힘들어
너 때문에 힘들어할 거라고 착각하지 마

너 아니라도 세상에 좋은 사람 많고 많아
어디 가서 우리 사귀었다고 말하지 마
그래도 가끔은 네가 보고 싶기는 해
그동안 우린 미치도록 사랑했었잖아
너너너 너가 뭔데 내내내 내가 왜 힘들어
너 때문에 힘들어할 거라고 착각하지 마

바보야

작곡/김건이

바보야 바보야 이 바보야
세상에 나 같은 꽃이 어디 있어
이 꽃 저 꽃 찾아 다녀봐도
세상에 나만 한 꽃이 또 어디 있어
브이라인 에스라인이면 좋겠지만
누구보다 널 아껴주는 내가 최고지
향기 없는 꽃이라고 말하지 마라
아직은 고운 향기를 피운단다
마음은 이팔청춘 꽃띠란다
너 하나쯤 행복하게 할 수 있어

바보야 바보야 이 바보야
세상에 나 같은 남자 어디 있어
이 남자 저 남자 찾아 다녀봐도
세상에 나만 한 남자 또 어디 있어
능력 있고 빽 있으면 더 좋겠지만
누구보다 널 사랑하는 내가 최고지
매력 없는 남자라고 말하지 마라
아직은 가슴 뜨거운 남자란다
마음은 이팔청춘 꽃띠란다
너 하나쯤 책임질 수 있어

애물단지

작곡/김건이

어떤 날은 너 때문에 웃었어
어떤 날은 너 때문에 울었어
네가 뭔데 날 이렇게 만들어
네가 뭔데 날 바보로 만들어
병을 주고 약을 주는 넌 넌 넌
웬수인 거니 사랑인 거니
밉다가도 보고 싶은 넌 넌 넌
애물단지 내 사랑이야

어떤 날은 너 때문에 슬펐어
어떤 날은 너 때문에 아팠어
네가 뭔데 날 이렇게 만들어
네가 뭔데 날 바보로 만들어
병을 주고 약을 주는 넌 넌 넌
웬수인 거니 사랑인 거니
밉다가도 보고 싶은 넌 넌 넌
애물단지 내 사랑이야

기러기

작곡/김건이

어디로 갈거나
마주 올 너는 없는데
어디에도 없는데
어디로 갈거나

북서풍은 부는데
네 창문은 굳게 닫혀 있고
지친 날개는 추락하는데

어디로 갈거나
바람은 드세어지고
빗줄기는 굵어지는데
어디로 갈거나

난 모르오

작곡/노수광

해 질 녘 붉은 노을 바라보면
왜 그리 그 누군가 그리운지요
무심히 올려다본 밤하늘이
왜 그리 눈물겹도록 아름다운지요
아 난 모르오 사랑이 떠나간 뒤에도
사랑이 무엇인지 슬픔이 무엇인지
텅 빈 들판 홀로 선 허수아비 야윈 어깨가
들썩거린 후에야 난 알았다오
그리움이 무엇인지 아픔이 무엇인지

아 난 모르오 사랑이 떠나간 뒤에도
사랑이 무엇인지 슬픔이 무엇인지
텅 빈 들판 홀로 선 허수아비 야윈 어깨가
들썩거린 후에야 난 알았다오
그리움이 무엇인지 아픔이 무엇인지

변명

작곡/노수광

홀로 술을 마신다는 건 외로움을 마시는 것
외로움을 마신다는 건 그리움을 태우는 것

널 보내고 돌아선 그날
난 널 삼켰고 넌 날 침몰시켰지

뿌연 안개 속에 멀어져간 너
문신처럼 내 가슴에 새겼지

가시처럼 박혀 있는 그 모습
목울대까지 치밀어 올라

태우다 태우다 삭정이 된 가슴
단숨에 홀짝 마셔 버렸지

난 단 한 번도 술 마신 적 없어
단 한 번도 널 그리워한 적 없어

안 되겠니

작곡/노수광

지금 뭐라고 했니 내가 잘못 들은 거 맞지
안녕이라는 그 말 진심 아니지 거짓말이지
사랑한다 해놓고 인제 와서 무슨 말이야
변치 말자고 손가락 걸었잖아 약속했잖아
아아 우리 이대로 정말 안 되겠니
단 한 번도 사랑을 의심해 본 적 없어
제발 그런 말 하지 마 돌아서면 후회할 거야
너를 보낼 순 없어 아직 너를 사랑하니까

지금 뭐라고 했니 내가 잘못 들은 거 맞지
안녕이라는 그 말 진심 아니지 거짓말이지
사랑한다 해놓고 인제 와서 무슨 말이야
변치 말자고 손가락 걸었잖아 약속했잖아
아아 우리 이대로 끝낼 순 없어
단 한 번도 이별을 생각해 본 적 없어
나를 아프게 하지 마 돌아서면 울고 말 거야
너를 잃고 살 순 없어 다시 한 번 생각해 봐

알려고 하지 말아요

작곡/노수광

알려고 하지 말아요 호수같이 잔잔한 마음에
그리움이 파도처럼 일렁거려 눈물이 나요

알려고 하지 말아요 애써 미소 짓는 입가에
겨우 잠재운 슬픔이 되살아나 가슴 아파요

알려고 하지 말아요 쓸쓸히 내린 가을비에
외로움이 안개처럼 젖어 들어 가슴 시려요

알려고 하지 말아요 가슴속 깊이 묻어 둔
그리운 얼굴 하나 떠올라 잠 못 들어요
눈물이 나요 가슴 아파요 가슴 시려요

장미꽃만 꽃인가요

작곡/김기범

장미꽃만 꽃인가요 호박꽃도 꽃이랍니다
아름답진 않아도 달콤한 향기가 솔솔

여보세요 시들은 꽃이라고 하지 말아요
요리조리 살펴보면 매력이 넘쳐요 철철

별 여자 있던 가요 살림 잘하죠
마음씨 곱죠 이만하면 얼굴도 괜찮죠

한때는 동네 총각 주름 잡던 나예요
한물간 여자라고 말하지 말아요

아직은 사랑을 꿈꾸는 여자랍니다

이쁜 늑대

작곡/김기범

사랑해 좋아해 너 하나 뿐이야
달콤하게 속삭이는 넌 멋진 늑대야

내 눈에 내 맘에 네가 최고야
빈말이라도 좋아 싫지가 않더라

사람들아 늑대라고 욕하지 마라
엉큼하다 흉보지 마라

늑대는 오직 한 사람만 사랑한대요
나만을 나만을 나만을 사랑하는

그런 너를 너무 너무 사랑해
그저 사랑스러운 넌 이쁜 늑대야

종이꽃

작곡/노수광

아닌 줄 알면서 안 되는 줄 알면서
내 가슴에 꽃 한 송이 품었네
운명이란 이름으로 사랑이란 이름으로
바보처럼 꽃 한 송이 피웠네
아슬아슬 우리 사랑
세상 그 어떤 꽃보다 아름다웠네
우 우 하지만 향기가 없는 꽃이었네
열매를 맺을 수 없는 꽃이었네
아닌 줄 알면서 안 되는 줄 알면서
나도 모르게 꽃 한 송이 품고 말았네

그런 줄 알면서 후회할 줄 알면서
내 가슴에 꽃 한 송이 놓았네
숙명이란 이름으로 이별이란 이름으로
바보처럼 꽃 한 송이 보냈네
아슬아슬 우리 사랑
세상 그 어떤 꽃보다 아름다웠네
우 우 하지만 향기가 없는 꽃이었네
열매를 맺을 수 없는 꽃이었네
그런 줄 알면서 후회할 줄 알면서
나도 모르게 꽃 한 송이 놓고 말았네

사랑의 단비

작곡/김기범

단비 단비 단비를 뿌려주세요
사랑의 단비로 촉촉하게 적셔주세요

단비 단비 단비를 뿌려주세요
한여름 밤의 소낙비처럼 적셔주세요

그대가 던져놓은 사랑의 불씨
삭막한 내 가슴에 꽃이 피었어요

머리부터 발끝까지 온통 그대 생각뿐
어쩌면 좋아요 뜨거운 사랑

불타는 저 태양처럼 타오르는 이 마음
오직 그대 사랑만이 필요합니다

잠시라도

작곡/김기범

가랑비에 옷 젖듯 어느새 어느새
그대에게 빠져버렸어

마주 보는 눈빛이 어느새 어느새
사랑으로 가득 차 있네

사랑 사랑 우리 둘이 둘이서
꽃잎처럼 향기로운 어여쁜 사랑

사랑 사랑 언제 언제 언제까지나
불꽃처럼 타오르는 뜨거운 사랑

이제는 단 하루도 살 수가 없네
나 혼자선 잠시라도 견딜 수 없어

좋겠네

작곡/김기범

좋겠네 좋겠네 애인 하나 있었으면
내가 전화하면 언제라도 달려오는 사람

좋겠네 좋겠네 애인 하나 있었으면
내가 힘이 들 때 기댈 수 있는 그런 사람

편안한 친구처럼 다정한 연인처럼
마주 잡은 손길만으로 위로가 되는

있으면 있는 대로 없으면 없는 대로
내 모든 걸 감싸주고 아껴주는 사람

아무도 몰래 훔쳐보는 연애소설처럼
그런 멋진 사람 하나 있었으면 좋겠네

나는 괜찮아

작곡/김기범

당신을 보면 내 가슴에 꽃이 피어요
생각만 해도 바라만 봐도 기분이 좋아
당신을 보면 내 가슴이 두근거려요
생각만 해도 바라만 봐도 기운이 나요
이 세상 끝까지 함께할 수 있다면
비바람 불어와도 나는 나는 괜찮아
이 세상 끝까지 끝까지 사랑할 수 있다면
두 눈이 먼다 해도 나는 나는 행복해

이별을 하면 내 가슴에 멍이 들어요
생각만 해도 바라만 봐도 눈물이 나요
이별을 하면 내 가슴이 너무 아파요
생각만 해도 바라만 봐도 애가 탑니다
이 세상 끝까지 함께할 수 있다면
비바람 불어와도 나는 나는 괜찮아
이 세상 끝까지 끝까지 사랑할 수 있다면
두 눈이 먼다 해도 나는 나는 행복해
두 눈이 먼다 해도 나는 나는 괜찮아

우렁이 각시

작곡/김청일

각시 각시 내 각시 우렁이 같은 내 각시
각시 각시 내 각시 어화둥둥 내 각시야

어느 날 우연히 운명처럼 다가와
내 삶의 전부가 되어버린 당신
눈보라가 불어오면 두 손 마주 잡고
눈빛만 봐도 위로가 되는 사람

각시 각시 내 각시 우렁이 같은 내 각시
각시 각시 내 각시 어화둥둥 내 각시야

저 하늘 별빛도 어여쁜 장미도
그대보단 아름답지 않으리
힘든 세상 나를 만나 잘해주지 못해도
보석처럼 빛난 그댄 꽃 중의 꽃

언니는 좋겠네

작곡/김청일

연지곤지 찍고 시집가는 우리 언니
볼우물에 함박꽃이 피었네
조랑말 타고 장가오는 우리 형부
싱글벙글 입이 귀에 걸렸네
언니는 좋겠네 좋겠네 형부 코가 잘생겨서
형부는 좋겠네 좋겠네 언니 입술이 이뻐서
언니야 잘 살아라 아들 놓고 딸 놓고
검은 머리 파뿌리 될 때까지 잘 살아라
천년만년 행복하게 잘 살아라

언니는 좋겠네 좋겠네 형부 코가 잘생겨서
형부는 좋겠네 좋겠네 언니 입술이 이뻐서
언니야 잘 살아라 아들 놓고 딸 놓고
검은 머리 파뿌리 될 때까지 잘 살아라
천년만년 행복하게 잘 살아라

회상

작곡/김청일

그날처럼 이렇게 비가 내리면
나 홀로 추억에 젖어봅니다
비에 젖은 꽃잎이 떨어지듯
부서진 내 마음 갈 곳을 모르고

밀려드는 그리움 가눌 길 없어
목메게 불러보는 그대 그 이름
꿈속에서 만나려나 보고 싶은 그대
이 밤이 지나면 내게 다시 오려나

밀려드는 그리움 가눌 길 없어
목메게 불러보는 그대 그 이름
꿈속에서 만나려나 보고 싶은 그대
이 밤이 지나면 내게 다시 오려나

거짓이었나

작곡/김청일

풀잎에 맺힌 이슬처럼 사라질 사랑인가요
꽃잎에 앉은 나비처럼 날아갈 사랑인가요
내 가슴 이렇게 아프게 하고
내 가슴 이렇게 슬프게 하고
아 사랑한다 그 말 거짓이었나
내 진정 못 잊을 사람아 정녕 거짓이었나
아니라고 말해줘요 나를 나를 사랑했다고
나만 나만 사랑한다고

떠도는 한 조각 구름처럼 스쳐 갈 인연인가요
불빛을 쫓는 불나방처럼 허무한 인연인가요
내 가슴 이렇게 멍들게 하고
내 가슴 이렇게 숯덩이 만들고
아 사랑한다 그 말 거짓이었나
내 진정 못 잊을 사람아 정녕 거짓이었나
아니라고 말해줘요 나를 나를 사랑했다고
나만 나만 사랑한다고

그럴 수 없어요

작곡/김청일

보이지 않는다고 우리 사랑이 멀어지나요
만날 수 없다고 그댄 나를 잊을 수 있나요
세상 사람들이 다 그래도 난 그럴 수 없어요
다시 돌아오지 못한다 해도
잊을 수가 없어요 지울 수가 없어요
보이지 않아도 항상 그대를 느낄 수 있고
만나지 않아도 항상 그대를 사랑합니다

눈에서 멀어지면 마음마저 멀어지나요
뜨겁던 그 사랑이 어찌하여 식을 수 있나요
세상 사람들이 다 그래도 난 그럴 수 없어요
내게 돌아오지 못한다 해도
잊을 수가 없어요 지울 수도 없어요
꿈속에서라도 항상 그대를 느낄 수 있고
어느 곳에 있어도 항상 그대를 사랑합니다

Part 3

발표하지 않은
동요들

떼구르륵

작곡/최종혁

떼구르륵 떼구르륵 아기 단풍잎이
쌩쌩 차가 지나갈 때마다 떼구르륵

떼구르륵 떼구르륵 노랑 은행잎이
씽씽 바람이 불 때마다 떼구르륵

요요 귀여운 것들 요요 이쁜 것들
떼구르륵 떼구르륵 잘도 굴러가네

봄바람

작곡/최종혁

살랑살랑 봄바람 불어오더니
들판에 파란 새싹이 돋아났어요

한들한들 봄바람 불어오더니
노란 개나리 신나게 춤을 추어요

팔랑팔랑 봄바람 불어오더니
꽃밭에 예쁜 나비가 날아왔어요

산들산들 봄바람 불어오더니
새로 산 내 분홍 모자 날아갔어요

기분이 짱

작곡/최종혁

야호 야야호 오늘은 기분이 짱
우리 엄마 짜장면 사 주셨네
야호 야야호 오늘은 즐거운 날
우리 아빠 놀이동산 가자 하시네
신이 나서 깡충깡충

야호 야야호 오늘은 기분이 짱
백 점 받아 장난감 사 주셨네
야호 야야호 오늘은 신나는 날
오늘은 공휴일 학교 안 가도 되네
너무 좋아 으쓱으쓱

우리 엄마

작곡/최종혁

빨강 고무장갑 낀 우리 엄마 마술사 같아요
쓱쓱 싹싹 청소를 하면 온 집안이 반짝반짝
예쁜 앞치마 입은 우리 엄마 요리사 같아요
조물조물 꼬물꼬물하면 맛있는 반찬이 뚝딱

컴퓨터도 잘하는 우리 엄마 척척박사 같아요
어려운 수학 문제 잘 풀고 뭐든지 잘해 잘해
세상에서 제일 좋은 우리 엄마 천사님 같아요
친구와 다투어도 엄마만 보면 기분이 좋아

사람들은 나빠요

작곡/김성봉

펑펑 폭죽이 터질 때마다
아기 별님은 얼마나 무서울까요
쌩쌩 비행기가 지나갈 때마다
아기 구름은 또 얼마나 아플까요
사람들은 나빠요
많이 많이 나빠요 정말 정말 나빠요

뿡뿡 나쁜 공기 내보낼 때마다
나무와 꽃들은 얼마나 힘들까요
저 높은 하늘나라 천사님들도
숨이 막혀 콜록콜록 기침하네요
사람들은 나빠요
많이 많이 나빠요 정말 정말 나빠요

엄마가 제일 좋아

작곡/김성봉

엄마 엄마 엄마가 난 제일 좋아
웃는 엄마 세상에 난 제일 이뻐
화난 엄마 호랑이 난 싫어 싫어
엄마 냄새 언제나 난 좋아 좋아
세상에서 우리 엄마 제일 좋아

엄마 볼에 쪽쪽 나도 쪽쪽
엄마 반찬 맛좋아 냠냠 짭짭
배가 많이 아파도 엄마 손 약손
엄마 품속 언제나 따뜻해 좋아
하늘만큼 우리 엄마 제일 좋아

가을날에는

작곡/김성봉

햇살 고운 장독대 위 고추잠자리
장대 끝에 매달린 뭉게구름 따먹고요
싱그러운 바람 코스모스 입맞춤하면
우리 누나 가슴에는 복사꽃이 피지요

황금 들녘 농부의 구슬땀은
내일의 희망찬 꿈들이 알알이 영글고요
우리 아기 맑은 눈동자엔 가을 소풍 온
어여쁜 천사들이 노닐고 있지요

누가 누가 했을까

작곡/김성봉

누가 누가 이리 곱게 수놓았을까
솜사탕 같은 하얀 뭉게구름
아기 천사들이 노닐다 간 자리인가 봐
노랑풍선 타고 하늘로 올라가
천사들과 하하 호호 놀고 싶어라

누가 누가 저리 곱게 물들였을까
내 마음 닮은 파란 하늘
고운 선녀들이 목욕하고 간 자리인가 봐
무지개 타고 하늘로 올라가
선녀들과 첨벙첨벙 놀고 싶어라

Part 4

만들어지지 않은
가요들

우리는 연인

스쳐 가는 수많은 사람 중에
내 마음의 빗장을 열고 들어와
봄빛 같은 눈웃음으로 내게
사랑의 꽃씨 하나 심어주었죠

이렇게 마주 보는 눈빛만으로
가슴 가득 차오르는 사랑의 기쁨
달빛 같은 환한 미소로 내게
행복의 바이러스 전해주네요

그대 그대 부르면 너무 정다워
사랑 사랑 부르면 너무 달콤해
다정한 잉꼬처럼 행복한 연인
한 마리 원앙처럼 행복한 연인

당신의 향기

당신이 그린 그림 속에 나는
어떤 빛깔 어떤 향기일까요

내가 그린 그림 속에 당신은
연보랏빛 라벤더 향기이에요

사랑아 사랑아 내 귀한 사랑아
무지갯빛 찬란한 그림을 그려요

사랑아 사랑아 내 귀한 사랑아
사랑이란 아름다운 집을 지어요

망망대해 돛단배처럼 외로울 때
우리 서로 등대가 될 거예요

그대 내게 온 순간

삭막한 내 가슴에 봄이 왔어요
잿빛 하늘에 무지개가 떴어요

메마른 내 가슴에 단비가 내려요
앙상한 가지에 꽃이 활짝 폈어요

오 그댄 오월의 신부처럼 사랑스러워
에메랄드빛 바다처럼 눈이 부셔라

오 그댄 붉은 장미처럼 향기로워라
풀잎에 맺힌 이슬처럼 아름다워라

나의 사랑 나의 동반자
영원한 나만의 파라다이스

가을 타는 여자

조석으로 스산한 바람이 불어오면
여자는 가을보다 더 깊은 병에 걸린다

온몸은 나뭇잎보다 검붉게 타오르고
가슴은 알 수 없는 외로움에 젖어

멜로드라마 주인공처럼
바바리 깃 세우며 먼 길 떠나고 싶다

아 빨간 단풍잎 하나둘 떨어질 때면
차라리 난 그만 눈을 감고 싶다

그 누구든 나를 흔들지 말아다오
지나가는 바람이라도 흔들지 말아다오

저기 단풍도 되지 못한 영혼 하나
여울목에서 낙엽처럼 뒹굴고 있다

저 바람 때문이야

내 이리 고운 향기
피울 수 있었던 건
끊임없이 흔들어댔던
저 바람 때문이야

잔잔한 바람이 불면
숙명처럼 보듬어 안고
드센 비바람이 불면
숨죽여 때를 기다렸지

내 인생 고요한 호수처럼
바람 한 점 일지 않았다면
내 어찌 이리 푸른 잎사귀
노랠 부를 수 있었으랴

건널 수 없는 강

한 발자국만 내밀면 다정하게
손잡아 줄 네가 그곳에 있는데
날개 잃은 한 마리 새처럼
네 곁에 가지 못하고

한 발자국만 내밀면 따스하게
안아 줄 네가 그곳에 있는데
닿을 수 없는 밤하늘에 별처럼
그저 멀기만 하여라

넌 저편에서 난 이편에서
우리 서로 애타게 불러도
만날 수 없어 타버린 가슴
허공에 맴돌다 재가 되었네

당신밖에

비에 젖은 꽃잎이 햇살을 그리워하듯
눈을 뜨나 눈을 감으나 오직 당신 생각뿐

이슬 머금은 풀잎이 바람을 그리워하듯
비가 오나 눈이 오나 오직 당신 생각뿐

세상 그 어떤 꽃보다 아름다운 내 사람아
난 당신 없이 안 돼요 아무것도 할 수 없어

난 당신밖에 없어요 내 곁에 있어 줘요
당신만이 사랑만이 내가 사는 이유입니다

비 내리는 날의 연가

슬로우 슬로우
감성을 자극하는 비가
슬픈 음악처럼 내리고 있다
모락모락 피어나는 커피잔 속에
뜬금없이 그대가 웃고 있다
따스한 커피를 마셔도 찬바람이 인다
몇 잔을 마셔도 가슴이 허하다
창문 두드리는 저 빗방울
내 슬픔 알기라도 하는 듯
애처로운 눈물 뿌려 주니
행여 그대도 나와 같은 마음일까
창가에 앉아 온종일 기다려 봐도
그대는 아니 오고
먼 산 부엉이만 울어 댄다
비 내리는 날이면
여자는 풀잎보다 먼저 젖는다
슬로우 슬로우

어찌 이별이라 하리

한 번쯤 바람결에
너의 향기 전해주려면
미세한 향기라도 찾아
헤매는 마음 넌 모르지
금방이라도 네가
올 것만 같은데
이 비 그치고 나면
내게 올 것만 같은데
어찌 이별이라 하리

한 번쯤 바람결에
너의 목소리 들려주려면
작은 흔적이라도 찾아
헤매는 마음 넌 모르지
사랑한다는 그 말
아직도 생생한데
추억들이 강물처럼
여울져 흐르고 있는데
어찌 이별이라 하리

미나리 같은 여자

모진 비바람을 홀로 견디며
향기를 피우는 여자

연보랏빛 순정을 나에게 주며
사나이 가슴에 불을 당기네

하늘하늘 내 가슴에 안기어
사랑을 속삭이는 여자

여린 잎새처럼 마음씨도 고와
내가 사랑하는 여자

상큼한 미나리 같은 그 여자

어쩜 좋아

싱그러운 꽃잎처럼 고왔던 그 사랑이
이젠 시들어 가네요

향긋한 커피처럼 따스하던 그 손길이
싸늘히 식어가네요

어쩜 좋아 어찌하면 좋아요
돌아선 그 마음 되돌릴 순 없나요

어쩜 좋아 어찌하면 좋아요
예전처럼 다시 사랑할 순 없나요

봄이 되면 피어나는 저 꽃들처럼
다시 내게 올 순 없나요

당신도

당신도 한땐 무지갯빛으로 찾아와
이슬처럼 사라진 첫사랑이 있었겠지요

당신도 한땐 살구나무 그늘에서
별빛처럼 고왔던 옛사랑이 있었겠지요

사랑은 눈과 같아서 사랑은 별과 같아서
잡으려 하면 사라지는 무지개 같은 것

당신도 한땐 소설 속의 주인공처럼
슬프고 아름다운 이야기가 있었겠지요

사랑 참 우습다

내가 사랑하는 그대는 소식이 없고
내가 원치 않는 사람은 연락이 오고

내가 사랑하는 그대는 저 멀리 있고
내가 원치 않는 사람은 내 곁에 맴도네

짝짝 사랑은 쿵짝이 맞아야 하는데
짝짝 사랑은 손뼉이 맞아야 하는데

사랑 참 우습다 사랑 참 아프다
무슨 사랑이 엇갈리기만 할까
무슨 인연이 비껴가기만 할까
사랑 참 우습다 사랑 참 아프다

이왕이면

다람쥐 쳇바퀴 돌듯 돌고 도는 세상
어느 구름에 비가 들었는지 알 수는 없지

내리막길도 있고 오르막길도 있는 인생
사는 게 힘들다고 꿈을 포기할 순 없지

이왕이면 이왕이면 이 세상 왔으니
내 이름 석 자 걸고 멋지게 살다 가야지

살다 보면 쥐구멍에도 해 뜰 날 올 거야
살다 보면 큰소리 뻥뻥 치는 날 올 거야

사나이 가는 길

사는 게 힘들어도 난 포기하지 않아
비바람은 나를 더욱 강하게 할 뿐이야

한 치 앞도 모르는 우리네 인생
피할 수 없다면 최선을 다해 살아야지

운명아 비켜라 절망아 비켜라
사나이 가는 길 그 누구 막을소냐

나에겐 꿈이 있다 아직 젊음이 있다
오늘도 행복의 수레바퀴를 힘차게 밟는다

친구야

친구야 인생이란 알다가도 모르겠어
살 만하다 싶으면 또 굽이굽이 고갯길

친구야 사랑이란 알다가도 모르겠어
무지개가 떴다가 천둥번개가 또 치네

길다면 길고 짧다면 짧은 우리 인생
온 마음을 다해 살아야 하지 않겠나

쓰디쓴 소주처럼 쓰디쓴 사랑도 해보고
이렇게 살아 있음이 아름답지 않은가

친구야 우리 잔을 높이 들어 건배를 하세
우리 멋진 내일을 위해 친구야 브라보

살아보니

언제까지나 이팔청춘인 줄 알았어
돌아보니 어느새 시든 꽃잎이더라
언제까지나 황금빛 인생인 줄 알았어
돌아보니 어느새 저녁 노을이더라
사랑도 해보고 이별도 해봤어
성공도 해보고 실패도 해봤어
반평생 살아보니 인생 별거 없더라
마음 가는 대로 사는 게 행복이더라
하루를 살아도 마음 편한 게 최고더라

사랑도 해보고 이별도 해봤어
성공도 해보고 실패도 해봤어
반평생 살아보니 사랑 별거 없더라
지지고 볶으면서 사는 게 행복이더라
눈빛만 봐도 알 수 있는 것이 사랑이더라

내 고향 간절곶

한반도에서 가장 먼저 해가 뜨는
그리운 내 고향 간절곶

사시사철 파도 소리 노래하고
사랑과 낭만이 넘친답니다

간절곶으로 놀러 오세요 언제라도 좋아요
사랑하는 친구와 손잡고 오세요

솔향기 꽃향기 둘레길 따라
아름다운 간절곶으로 지금 오세요

간절한 사연은 우체통에 담아두고
새털 같은 마음으로 다녀가세요

콕 찍었어

처음 본 그 순간
내가 점 찍었어 콕 찍었어
햇살 같은 네 미소에
뿅갔어 완전 반했어

처음 본 그 순간
내가 점 찍었어 콕 찍었어
샛별 같은 네 눈빛에
뿅갔어 완전 반했어

잠시 잠깐만이라도 내게서 떨어지지 마
넌 나의 수호천사야
세상 모든 게 날 위해 존재하는 거 같아
아름다운 세상이야

처음 본 그 순간
내가 점 찍었어 콕 찍었어
천사 같은 네 모습에
뿅갔어 완전 반했어

당신 덕분에

내가 어두운 밤길 걸을 때
한 줄기 빛이 되어 주고
내가 벼랑 끝에 서 있을 때
따스한 손길 내밀어 준 당신

사랑 사랑 고마운 내 사랑
사랑 사랑 소중한 내 사랑
오늘 하루 내 품에서 쉬어요
지친 날개 쉬었다 가세요
내가 울다가도 웃을 수 있는 건
사랑하는 당신 덕분이야

사랑 사랑 고마운 내 사랑
사랑 사랑 소중한 내 사랑
오늘 하루 내 품에서 쉬어요
지친 날개 쉬었다 가세요
못난 내가 이리 호강하며 사는 건
똑똑한 당신 덕분이야
사랑하는 당신 덕분이야

바람이 불면

그대 살다 바람이 불면
저 하늘을 한 번 바라봐
파란 하늘에 뭉게구름도
시시때때로 변하지 않느냐

그대 살다 바람이 불면
저 강물을 한 번 바라봐
유유히 흘러가는 저 강물도
나날이 물빛이 다르지 않으냐

그대 살다 바람이 불면
부는 대로 몸을 맡겨라
새벽 찬 이슬 맞지 않고
피는 꽃이 세상천지 어디 있으랴

나의 반쪽

먼 길 돌고 돌아 내 앞에 선 당신
매일 손꼽아 기다렸어요
내가 평생 믿고 의지할 나의 반쪽
까치발 들고 기다렸어요

이제라도 와줘서 고마워요
이 사람이 내 사람일까
저 사람이 내 사람일까
나 얼마나 찾았는지 몰라요

이제 우리 사랑만 하기로 해요
부족함은 채워주고 모자람은 덮어주고
산비둘기처럼 정답게 살아요

당신이 약

내가 내가 아플 땐 당신이 약이야
십전대보탕보다 당신이 보약이야
내가 내가 힘들 땐 당신이 약이야
천년 먹은 산삼보다 당신이 명약이야
당신 미소만 보면 없던 힘도 나는 걸
당신 손길만 스치면 함박꽃 피는 걸
나 지금 당신이 필요해 내게 와줘
세상 그 어떤 약도 아무 소용없어
오직 당신 사랑만이 나에겐 약이야

내가 내가 아플 땐 당신이 약이야
십전대보탕보다 당신이 보약이야
내가 내가 힘들 땐 당신이 약이야
천년 먹은 산삼보다 당신이 명약이야
잠시 잠깐 전화 안 오면 눈물 나는 걸
하루만 못 보아도 병이 나는 걸
나 지금 당신이 필요해 내게 와줘
세상 그 어떤 약도 아무 소용없어
오직 당신 사랑만이 나에게 약이야

하얀 거짓말

손에 물 한 방울 안 묻히게 해 준다 했지
공주처럼 아껴주고 호강시켜 준다 했지

하지만 이게 뭐야 여행 한 번 못 가보고
명품가방 한 번 못 들어보고 이게 뭐야

나만 보면 밥 달라 물 달라 사랑 달라
정말 못 살아 내 손에 물 마를 날이 없네

입에 침도 안 바르고 내가 최고라 하네
사랑한다 그 말에 나 또 속아 넘어가네

꽃자리

행복이 따로 있나 산새 소리 개울물 소리
웃음꽃 피어나는 바로 이곳 지상낙원이지

으흠 코끝을 스치는 풀꽃 향기가 좋아
으흠 귓불을 간지럽히는 봄바람도 좋아

아침에 눈을 뜨면 선물 같은 하루가 또 있어
살아 숨 쉬는 모든 것들이 고맙고 감사해

아름다운 세상 우리가 꿈꾸는 세상
당신과 내가 있는 바로 이곳 꽃자리라네

인생은 여행이야

좀 늦으면 어때 누가 먼저 가면 어때
인생은 종착지 없는 시간 여행이야
앞만 보고 달려온 내 인생 돌아보니
아무것도 남아 있지 않은 빈손이야
살다가 힘이 들면 여행을 떠나자
가다가 힘이 들면 쉬었다 가자
사랑하는 친구와 두 손 마주 잡고
아름다운 곳으로 여행을 떠나자

좀 늦으면 어때 누가 먼저 가면 어때
인생은 종착지 없는 시간 여행이야
들판에 핀 꽃의 이름도 불러보고
하늘을 나는 저 새들처럼 자유롭게
살다가 힘이 들면 여행을 떠나자
가다가 힘이 들면 쉬었다 가자
사랑하는 친구와 두 손 마주 잡고
아름다운 곳으로 여행을 떠나자

그 이름

부르면 눈물 먼저
나오는 이름 하나
차마 부를 수 없어
입 안에 맴도는 사랑

가슴이 터지도록
부르고 싶은 이름 하나
문신처럼 새겨져
내 가슴에 남아 있네

하늘 아래 하나밖에 없는
그대라는 그 이름
자꾸 자꾸만 불러보고 싶은
그대라는 그 이름

미련한 사랑

바람 따라 세월 따라 흘러간 내 청춘
시곗바늘처럼 되돌릴 순 없을까

인연 따라 사랑 따라 가버린 그 사람
지우개처럼 하얗게 지울 순 없을까

벗어나려면 더 죄어오는 올가미처럼
날이 갈수록 커져만 가는 그리움

지금의 이 슬픔이 지금의 이 아픔이
먼 훗날 아름다웠노라 말할 수 있을까

애모

사랑의 화신인가 슬픔의 분신인가
스쳐 갈 사랑이라면 차라리 오지나 말지

또다시 천년을 하염없이 기다려야 하나
저 하늘 구름 벗 삼아 떠다녀야 하나

심연의 슬픔 하늘도 울고 땅도 울어

어디로 가야 하나 어디로 가야
너를 너를 만날 수 있을까

얼마나 얼마나 더 찾아야 헤매야
너를 다시 품을 수 있을까